André Besson *est l'auteur de plus de cinquante titres. Plusieurs de ses romans, dont* La Grotte aux loups, *ont été adaptés au cinéma. Son œuvre a été salué par le prix littéraire du terroir, le prix Émile Zola, le prix des Écrivains de langue française, le prix de la Société des gens de lettres.*

[redacted]

FOLLE AVOINE

Du [redacted]uteur

[redacted] [redacted] De Borée

La Grotte aux [redacted]s

Imprimé en U.E. en septembre 2011
Dépôt légal : octobre 2011
ISBN : 978-2-8129-0467-7

André Besson

Folle Avoine

De Borée
Terre de poche

CHAPITRE PREMIER

L'HOMME SE DÉPLAÇAIT sans bruit dans les ténèbres, d'un pas un peu saccadé, mais sans quitter le talus où croissait une herbe abondante. À la sortie sud du village, il avait emprunté délibérément le chemin bordé de peupliers et de haies vives qui s'enfonçait au cœur du « finage »[1]. À présent, il se rapprochait du hameau des Louverots, isolé au milieu de l'immense plaine céréalière. Il n'en était plus éloigné que d'une centaine de mètres. Pourtant, il ne distinguait pas encore les bâtiments des deux fermes. La nuit profonde dressait un mur impénétrable devant ses yeux.

Parfois, dans le lointain, de brefs éclairs de chaleur faisaient tressaillir l'horizon. Bien que le

---

1. *Nom donné, dans le bas Jura, à la vaste plaine alluvionnaire du Doubs.*

ciel fût tout gonflé de nuages, cela n'en présageait pas pour autant l'orage. Depuis deux mois, ces phénomènes atmosphériques se renouvelaient souvent, sans qu'il ne tombât une goutte de pluie.

La sécheresse persistante ne faisait pas l'affaire des herbagers dont les pâtures devenaient de jour en jour un peu plus pelées. Elle comblait par contre les céréaliers. Les blés, les orges, les avoines étaient d'une qualité exceptionnelle. Les champs portaient une toison d'épis denses et lourds qui allaient produire un des plus hauts rendements en grain de la dernière décennie.

Déjà, en cette mi-juillet tropicale, on avait entamé les moissons. Les machines s'étaient mises à ronfler de l'aube au crépuscule aux quatre coins de la plaine. L'odeur du froment mûr, de la paille sèche et de la terre craquelée aux fortes émanations de phosphore stagnait en permanence au-dessus du finage. La nuit ellemême ne parvenait pas à dissiper ces senteurs tenaces qui se mêlaient par endroits à celle des étangs asséchés.

À cinquante mètres du hameau, l'homme distingua enfin les contours de la première ferme. Toujours en étouffant ses pas, il s'avança avec prudence vers le mur d'enceinte. Le portail d'entrée béait, largement ouvert sur la cour intérieure. Il passa sans s'arrêter devant la porte.

Soudain, un bouvier aboya. Il devait être attaché sous un hangar. De la ferme voisine, distante de quelques dizaines de mètres, deux autres chiens firent aussitôt chorus, rompant le silence qui pesait sur le hameau alourdi de sommeil.

L'homme s'immobilisa. Plaqué contre le mur recouvert d'un manteau de lierre grimpant, il écouta un long instant, retenant son souffle.

C'était sans doute par l'odorat que les chiens avaient décelé sa présence.

Le voyageur préféra laisser les aboiements s'apaiser avant de reprendre sa progression. Peu à peu, les bêtes se fatiguèrent, puis se turent tout à fait. À nouveau, dans le silence retrouvé, les mille bruits infimes de la campagne endormie furent perceptibles : celui de la brise nocturne dans les feuillages du lierre, le chant des grillons et des rainettes, le trottinement furtif d'un rongeur…

Rassuré, l'homme se remit en route. Lentement, il contourna le mur d'enceinte au pied duquel croissaient des bouquets d'orties. Plus loin, des buissons d'épines et des ronciers barraient le chemin. Il fit un écart pour les éviter, réveillant au passage un oiseau de nuit qui le frôla de son vol feutré. Il se retrouva enfin à l'arrière de la ferme.

De cet endroit partait une immense pièce de blé. Quinze hectares d'un seul tenant. Champ magnifique limité sur un côté par les eaux paisibles du Doubs.

Le voyageur connaissait sans aucun doute la topographie des lieux. Il s'arrêta en bordure du sentier, observa, écouta, se décida. De la poche de son pantalon, il sortit un briquet et un journal plié en quatre. Puis, après avoir jeté une fois encore un bref regard derrière lui, du côté de la masse sombre de la ferme, il s'accroupit à la lisière du champ de blé.

Le silence était tel qu'on percevait l'infime pétillement des épis mûrs que la fraîcheur relative de la nuit faisait craquer.

L'homme pressa alors sur la molette du briquet. Une première fois en vain. À sa seconde tentative, la flamme légère d'un jet de gaz dansa au bout de ses doigts. Sans précipitation, il communiqua le feu aux feuilles froissées du papier, puis, avec un sang-froid étonnant, il plongea ce brandon parmi les épis.

Le premier foyer mit un certain temps à se développer. La légère humidité du sol gêna sa combustion. Mais, bientôt de petites flammes courtes commencèrent à courir en bordure du chemin. L'incendiaire ne s'attarda pas à les regarder. Il se redressa et, en quelques bonds, gagna un autre endroit sur le pourtour du champ. À trois reprises, en différents points, il renouvela son geste criminel.

Reptile souple et prompt, le feu s'insinua aussitôt parmi les bataillons serrés de la moisson. Plusieurs mètres carrés s'embrasèrent en quelques dizaines de secondes. Déployé en éventail, l'incendie se mit à ronfler comme un envol de frelons en colère.

Une légère brise nocturne se leva à cet instant sur la plaine, rabattant les entrelacs pourpres vers le chemin. L'homme se recula vivement pour ne pas être pris dans une sorte de ressac de flammes ardentes mêlées à un tourbillon d'étincelles et de fumée.

Coulant à travers une déchirure des nuages, la lune, en partie écornée, déversa une onde grise sur la terre, précisant les formes aux contours incertains des grands peupliers noirs qui bordaient le champ. Au même moment, les abois rauques des chiens se déchaînèrent à nouveau, avec une rage accrue. À n'en pas douter, leurs hurlements allaient réveiller les fermiers du hameau. L'homme comprit le danger et jugea qu'il était temps de déguerpir. Après un dernier regard sur l'incendie qui se développait rapidement à travers les épis serrés du champ de blé, le criminel fit volte-face et, cette fois sans souci d'étouffer ses pas, se mit à courir au milieu du chemin en direction du village…

* *
*

Yvonne Mouget fut tirée brutalement de son sommeil. Comme on se réveille au milieu d'un cauchemar. Le cœur battant à tout rompre, la sueur au front.

Elle ne rêvait pas. C'était bien le tocsin qui sonnait au clocher de Rabron. Une fois de plus, il appelait les habitants du village à la lutte contre l'incendie…

La fermière eut immédiatement le pressentiment que ce nouveau drame la concernait. Un doute traversa son esprit. Un nom, un visage s'imposèrent à sa raison : Jeanjean !

En quelques secondes, elle fut debout, enfilant rapidement ses sous-vêtements et sa blouse. Elle se mit à courir pieds nus sur les dalles du couloir, guidée, dans l'ombre, par son seul instinct. Au passage, elle heurta durement le coin d'un meuble, ce qui lui arracha une plainte douloureuse. Elle n'en poursuivit pas moins sa course folle à travers la maison enténébrée.

CHAPITRE PREMIER

Yvonne Mouget poussa avec violence la porte de la chambre de son fils. Elle avait besoin de savoir, de se libérer de l'horrible soupçon qui l'oppressait. Ses doigts fébriles cherchèrent l'interrupteur, actionnèrent maladroitement le bouton. La lumière jaune jaillit d'un lustre rustique accroché au plafond.

Vide !

La pièce basse, tapissée d'un vieux papier aux fleurs passées, était inoccupée. Le lit n'avait même pas été défait...

Sidérée par ce spectacle, la maîtresse de « La Rouvière » demeura durant plusieurs secondes immobile sur le seuil de la chambre, incapable de prendre une décision.

Pendant ce temps, au-dehors, le tocsin n'en finissait pas d'égrener ses accents lugubres à travers la plaine. Il annonçait à nouveau une terrible nouvelle aux habitants du Finage. Un incendie criminel ! Le cinquième depuis le mois de juin. Une calamité qui s'était abattue brutalement sur la région, semant partout la terreur. Récoltes ravagées sur pied, fermes détruites de fond en comble, on pouvait déjà dresser un triste bilan de cette vague de folie destructrice.

Chaque fois, le feu avait éclaté à la même heure. Vers minuit trente. Au moment où les paysans, harassés par le dur travail de la terre, dormaient d'un sommeil réparateur.

Dans toutes les maisons du village, le tocsin devait ranimer à cet instant la même stupeur. Chaque fermier se demandait si ce n'était pas lui qui serait, cette fois, la victime du pyromane.

Yvonne Mouget se posait quant à elle une autre question, tout aussi angoissante. Mais ce n'était pas pour ses biens qu'elle éprouvait de l'appréhension. C'était pour son fils. Cette nuit, Jeanjean n'avait pas couché dans sa chambre. Tout comme les autres fois.

– Mon Dieu… Mon Dieu… murmura-t-elle, tandis qu'un frisson glacé parcourait son échine.

En hâte, elle retourna dans sa propre chambre et acheva de s'y habiller. Puis elle redescendit dans la cour. Louis, le valet de ferme, était déjà debout lui aussi.

– Le salopard a remis ça, patronne ! Un nouveau feu ! Depuis la lucarne du grenier, j'ai vu que ça flambait du côté des Louverots !…

– Je vais y aller… dit la fermière dans un souffle.

Elle courut vers la remise, sortit sa bicyclette qu'elle enfourcha aussitôt et se mit à pédaler comme une folle sur la route en direction du hameau. Le tocsin sonnait toujours. À son appel se mêlaient à présent d'autres bruits. Une rumeur faite de cris, de ronflements de moteurs et de hurlements de chiens. Réveillés en sursaut, les habitants de Rabron s'activaient pour aller prêter main-forte aux victimes du nouveau sinistre.

Yvonne Mouget n'entendit pas ces bruits en traversant le village. Elle ne prêta pas non plus d'attention aux paroles des gens pressés qui la dépassaient soit en automobile, soit sur des vélomoteurs. C'est à peine si elle remarqua ceux qui couraient sur le talus du chemin et qu'elle remonta en roulant comme une forcenée.

Tout son être, toutes ses pensées n'étaient occupés que par une dramatique interrogation :

Jeanjean ?...

Elle se demandait avec angoisse où était son garçon...

Sans cesse, comme un lancinant leitmotiv, un mot revenait à son esprit :

Incendiaire !... Incendiaire !...

Plus elle essayait de repousser cette idée, plus celle-ci s'imposait à elle. Son fils !...

Son Jeanjean transformé en criminel !... Errant la nuit à travers la campagne !... Mettant le feu aux fermes, aux meules de paille, aux moissons...

Elle n'arrivait pas à croire à une chose pareille. À se persuader que son enfant fût cet être qui depuis un mois et demi semait la terreur à travers la région. Non, ce n'était pas possible, elle devait se tromper dans son jugement. Son petit n'était pas capable de commettre des actes aussi odieux. D'ailleurs, pour quelles raisons aurait-il fait cela ? Jusque-là, il n'avait jamais fait de mal à personne…

Mais, en même temps qu'elle essayait de se rassurer, une autre voix, resurgie des profondeurs de son subconscient, sapait ces arguments basés sur sa seule sentimentalité maternelle. Elle venait de loin cette voix, de très loin dans le passé. C'était celle du médecin qui avait examiné Jeanjean une vingtaine d'années auparavant lorsqu'elle l'avait conduit, en cachette de tous, à l'Hôpital psychiatrique de Saint-Ylie.

– Madame, votre fils est atteint d'une certaine débilité mentale… En l'état actuel des connaissances médicales, il est impossible d'envisager sa guérison…

– Vous voulez dire qu'il est… Qu'il est fou ?… avait-elle murmuré.

– C'est un mot que nous bannissons formellement ici… Disons que votre enfant est très en dessous du quotient intellectuel normal… Sans être totalement dénué d'intelligence, il n'arrivera jamais à assumer seul sa propre destinée…

– Mais alors ?… Que va-t-il devenir ?…

– Il se peut que, durant toute sa vie, il ne vous pose pas trop de problèmes… Il se peut aussi que, au moment de l'adolescence ou même beaucoup plus tard, il change du tout au tout en quelques semaines… De toute façon, ses réactions demeureront toujours pour vous un mystère… Un choc affectif, une contrariété, une toute petite chose peuvent bouleverser son fragile équilibre… Au premier signe, à la moindre manifestation de changement dans son comportement, n'hésitez pas à nous avertir… Cela pourrait devenir grave…

En vingt ans, rien de semblable ne s'était produit. Jeanjean avait grandi à ses côtés, était devenu un homme sans que la crise que redoutait le médecin psychiatre ne se déclarât. La vie du jeune débile n'avait été traversée que par des événements sans grande importance, à la mesure de sa propre insignifiance. Une existence hors du temps et du monde, faite de joies, de soucis puérils, comme le sont ceux de la petite enfance.

Pourtant, malgré cette apparente tranquillité, Yvonne Mouget n'avait pas cessé d'appréhender l'avenir. Que deviendrait Jeanjean après elle ? Elle n'avait pas oublié non plus les paroles du psychiatre. Comme tout pouvait être remis en question du jour au lendemain si Jeanjean subissait un ennui, elle s'était ingéniée à le protéger des tourments de l'existence. À le mettre à l'abri des agressions de la société. Elle avait exercé une surveillance constante, quasi maladive sur son fils, cherchant à contrôler ses actes, ses pensées.

Mais cet espionnage maternel exclusif et étouffant s'était bien vite révélé illusoire. Jeanjean avait appris à s'y soustraire. Il s'échappait de cette tendre prison, souvent par jeu, souvent par agacement, aussi à cause d'un besoin de liberté inné en lui, qui le faisait se complaire dans la solitude et la sauvagerie.

Fréquemment, le jeune débile disparaissait de la ferme dès le lever du jour et n'y reparaissait qu'à la tombée de la nuit. Il subissait alors les douces réprimandes de sa mère qui tenait à savoir où et comment il avait passé sa journée. Jeanjean racontait docilement son emploi du temps et, par bribes, Yvonne Mouget reconstituait son itinéraire et ses occupations futiles.

Depuis quelques semaines seulement elle s'était aperçue qu'il découchait. Précisément la nuit où le second incendie s'était déclaré à la ferme des Gavand. Comme la chambre de son fils donnait à l'ouest, du côté du sinistre, elle y était entrée afin de mieux voir la lueur. C'est à cette occasion qu'elle avait constaté l'absence de Jeanjean. Interrogé à ce sujet le lendemain, le jeune homme n'avait fourni que des explications embrouillées.

Prise d'un doute, à chaque nouvelle alarme, la maîtresse de « La Rouvière » s'était rendue dans la chambre de Jeanjean. Chaque fois, avec une appréhension croissante, elle avait constaté que le lit était vide… Et Jeanjean questionné à son retour n'avait pas été plus convaincant sur les raisons de ses fugues nocturnes.

Pendant plusieurs nuits, Yvonne Mouget n'avait pas fermé l'œil, épiant le plus petit bruit en provenance de la chambre où dormait son fils. Mais comment aurait-elle pu exercer en permanence une surveillance efficace à l'issue des dures journées de travail estivales ? On venait d'entrer dans la période des moissons et la fermière passait des heures aux commandes de la moissonneuse-batteuse. Le soir, elle rentrait harassée. Il n'y avait donc rien d'étonnant à ce qu'elle se fût endormie hier comme une masse et qu'elle n'eût pas entendu Jeanjean lorsqu'il avait quitté subrepticement la maison, une fois de plus à son insu.

À présent, elle se rendait bien compte que cette situation ambiguë ne pouvait plus durer. Il fallait absolument qu'elle ait une explication avec lui. Qu'elle sache pourquoi il s'absentait et surtout si c'était lui qui mettait le feu aux quatre coins du pays ?

Tout en ruminant ces sombres pensées, Yvonne Mouget finit par arriver sur les lieux du sinistre. D'autres l'y avaient précédée. Il y avait beaucoup de monde au hameau des Louverots. Sur le fond mouvant de l'incendie qui se déployait sur plus de deux cents mètres, on voyait s'agiter plusieurs dizaines de personnes. Outre de nombreux cultivateurs venus en voiture ou à motocyclette des villages voisins, on remarquait aussi la présence des hommes du Centre de secours de Chaussin. Ces derniers essayaient de limiter les dégâts en arrosant les abords de la zone de feu avec leur motopompe.

Mais la lutte était inégale. Une petite brise soufflant du nord attisait le brasier qui, tout en reculant en direction des berges du Doubs, avait tendance à s'élargir et empiétait déjà sur les parcelles voisines. Les langues ardentes jaillissaient parfois à trois ou quatre mètres du front des flammes. D'autres s'éteignaient, fauchées à leur base par les jets d'eau mais renaissaient plus loin, quelques secondes plus tard dans une explosion d'étincelles. Les moyens mis en œuvre pour combattre le fléau semblaient ridicules. On pouvait se demander si tout le Finage ne serait pas embrasé avant la fin de la nuit ?

Ce spectacle effrayant ne retint pas l'attention d'Yvonne Mouget. C'est vers les sauveteurs qu'elle tourna son regard. Elle chercha désespérément à reconnaître parmi eux la silhouette massive de Jeanjean.

Après avoir posé sa bicyclette le long du talus, elle s'approcha d'un groupe où se trouvait l'un des fermiers des Louverots.

– J'ai bien entendu aboyer mon chien, expliquait l'homme. Mais je n'ai pas eu le réflexe de me lever immédiatement… Si j'avais été moins fatigué, continua-t-il, je l'aurais fait ! Et j'aurais pris ce salopard en flagrant délit !… Quand Dragon s'est remis à aboyer pour la seconde fois, j'ai compris qu'il se passait quelque chose d'anormal. J'ai sauté sur mon fusil et je suis sorti…

– Tu l'as vu ?

– Oui… Mais simplement son ombre… Il s'enfuyait en courant… En direction de Rabron… Je n'ai pas pu voir qui c'était…

– Tu n'as pas tiré ?

– Si… Mais il était déjà trop loin, hors de portée… Je ne crois pas l'avoir touché…

Yvonne Mouget ne put s'empêcher de frissonner en entendant ces mots. À la longue, tout ça finirait mal. À force de jouer avec le feu, l'incendiaire prendrait un coup de fusil ou un coup de fourche. Si c'était Jeanjean qui se livrait à ce désastreux exercice, on lui ramènerait un matin son corps ensanglanté ; elle ne pourrait plus que pleurer sur sa dépouille.

Il fallait qu'elle retrouve l'infirme le plus vite possible. Qu'elle essaie de lui arracher la vérité. Savoir si oui ou non il était le coupable. Elle tenterait par tous les moyens de le dissuader de recommencer ces actes criminels. Au besoin, elle l'enfermerait chaque soir à double tour pour être sûre qu'il ne s'échappe pas.

Elle se mit à courir pour s'approcher d'un autre groupe de sauveteurs. Ils tentaient de former une chaîne et de se transmettre des seaux d'eau puisés dans la rivière. Ils se tenaient en ligne, à proximité des flammes. Complètement hagarde, Yvonne Mouget passa devant eux. Dans ses yeux dansa une fantasmagorie de visages que la lueur du brasier prenait en enfilade. Elle entendit une femme qui disait :

– Toute la récolte va y passer… Nous allons être ruinés…

La course avait mis en nage la maîtresse de « La Rouvière ». Elle haletait. L'âcre fumée de la paille brûlée lui piquait les yeux. À chaque pas, elle soulevait une poussière de cendre impalpable qui la prenait à la gorge.

Lorsqu'elle eut fait le tour de tous les groupes, elle se trouva presque soulagée de ne pas avoir découvert Jeanjean parmi les curieux. Peut-être n'était-il jamais venu ici ?

Puis, brusquement, une nouvelle idée traversa l'esprit de la fermière. Elle réalisa que, si elle voulait retrouver son fils, ce n'est pas au milieu de ces gens qu'il fallait le rechercher. Jeanjean était trop sauvage pour se mêler à tout ce monde. S'il observait l'incendie, c'est sans doute de loin, hors de portée des regards indiscrets.

Un pressentiment la poussa en direction d'un bouquet d'aulnes croissant en bordure du Doubs. Toujours en courant, elle se dirigea vers la berge qu'elle remonta sur une centaine de mètres.

Yvonne Mouget ne s'était pas trompée. Jeanjean était bien là. Accroupi derrière un buisson, il regardait, fasciné, l'étrange ballet qui se déroulait au milieu de la plaine. La grande pulsation de l'incendie éclairant le spectacle comme en plein jour, la danse dérisoire des hommes en face du mur mouvant des flammes…

CHAPITRE II

EN DÉCOUVRANT SON FILS caché près de la rivière, la fermière fut à la fois soulagée mais en même temps effrayée par son attitude. Arrêtée à moins de un mètre de lui, elle le regarda, fixe et horrifiée comme si elle avait vu un mort.

Jeanjean avait de quoi faire peur. Les yeux exorbités, au-delà des limites de l'expression, un sourire quasi extatique sur les lèvres, il contemplait l'énorme brasier. Il suivait, envoûté, l'inexorable progression de l'incendie. L'avance des petites flammes jaunes et bleues qui couraient en avant-garde, se poursuivaient, s'entrelèchaient à travers les épis blonds, lesquels s'embrasaient d'un seul coup comme des poignées d'étoupe.

Le jeune débile semblait tirer une jouissance extraordinaire de ce spectacle, au point de sombrer dans un véritable état d'hypnose et de ne pas s'apercevoir qu'il était lui-même épié.

Sa mère demeura un long instant à le regarder. Immobile, saisie par une atroce fatalité. Dans le remous de sentiments où elle se trouvait soudain engluée, elle avait l'impression que tout cela était irréel. En même temps, elle sentait ses vagues suppositions se transformer en certitudes absolues. Elle était frappée par une conviction foudroyante.

Jeanjean était coupable ! C'est lui qui avait allumé l'incendie !

Ses yeux finirent par se voiler de larmes. Elle sentit ses jambes trembler, tandis que la honte, la pitié, le dégoût d'elle-même lui soulevaient le cœur.

– Malheureux !... Que fais-tu ici ?... questionna-t-elle d'une voix angoissée.

Pris en faute, le jeune homme se releva d'un bond et s'apprêta à fuir comme une bête qu'on vient de débusquer.

Il était très grand. Un colosse d'un mètre quatre-vingt-cinq, pesant dans les quatre-vingt-dix kilos. Par sa chemise entrouverte, on voyait son torse puissant, la naissance de ses robustes épaules. Ses bras étaient longs, ses mains énormes, rougeaudes et maladroites.

CHAPITRE II

Au-dessus de cette charpente massive était plantée une tête ronde, aux traits primitifs sans être grossiers. Un visage à la fois juvénile et sauvage. La bouche, le nez étaient charnus, lourds de sensualité. Les yeux avaient perdu leur expression d'extase. Ils s'étaient plissés et ressemblaient à ceux d'un sanglier. Enfin, pour couronner le tout, surmontant un front bas, une chevelure noire, en broussaille, complétait l'aspect inculte du personnage.

En reconnaissant sa mère, le jeune débile interrompit net son mouvement de recul. Rassuré, au lieu de s'enfuir, il reporta son attention vers le spectacle qui le fascinait. Il recommença à regarder le feu pantelant qui continuait à haleter dans la nuit, à dévorer de sa gueule flamboyante la moisson drue que les hommes ne récolteraient pas cette année-là, et qui s'en allait en fumée.

Le visage de Jeanjean, griffé par les lueurs ardentes de l'incendie, avait repris une expression contemplative, faite à la fois de gravité et de joie cruelle.

– C'est beau hein ? dit-il de sa voix lente, un peu rauque.

La maîtresse de « La Rouvière » frissonna. Elle comprit que, si l'on entendait ces propos sacrilèges, si un témoin surprenait la béatitude démente qui se lisait sur les traits de son fils, tout serait perdu. La vérité éclaterait aux yeux de tous. L'incendiaire serait démasqué séance tenante. Elle connaissait trop les réactions violentes de la foule paysanne lorsqu'on touche à son patrimoine, pour ne pas deviner qu'un drame atroce risquait de se produire. Son malheureux garçon serait battu, lynché, peut-être précipité dans les flammes. Elle aurait beau le défendre, plaider sa triste cause, ils ne le lâcheraient plus. On ne le lui rendrait que mort.

Prise de panique, Yvonne Mouget contourna le buisson et s'approcha encore plus près de l'infirme.

– Viens, Jeanjean, dit-elle. Il est tard. Il faut rentrer à la maison.

– Veux pas !

Patiemment, avec l'expression douce mais ferme qu'elle employait toujours pour le convaincre lorsqu'il se butait, elle insista :

– Il faut m'obéir, mon grand…

– Veux regarder encore… C'est beau… Veux voir…

Il était de nouveau en extase. Les lueurs de l'incendie mettaient comme deux petites braises ventées au fond de ses yeux noirs.

La mère prit la grosse main d'homme de son fils dans la sienne et l'attira lentement. Obstiné, il secoua la tête mais finit par obéir. Il se mit à la suivre, docile, comme autrefois lorsqu'elle venait l'arracher, au moment des repas, à la contemplation d'une fourmilière qu'il tourmentait inlassablement du bout d'un bâton.

Au lieu de repasser à proximité des groupes affairés à combattre le feu, ils firent un long détour avant d'aller récupérer la bicyclette qu'elle avait laissée en bordure du champ incendié. Ensuite, toujours en marchant côte à côte, ils reprirent le chemin de Rabron, elle poussant son vélo à la main, lui la tête basse, laissant pendre ses grands bras inutiles de chaque côté de son pantalon de velours.

Derrière eux, l'énorme brasier continuait de secouer les ombres jusqu'au fond de la plaine. Dans le lointain, on entendait klaxonner une nouvelle motopompe. C'était celle du Centre de secours de Mont-sous-Vaudrey qui venait à son tour prêter main-forte aux pompiers de Chaussin et aux habitants du village.

Les gens de Rabron arrivaient toujours. Ils se suivaient en une longue cohorte sur le chemin empierré qui s'enfonçait au cœur du Finage. À présent, c'étaient les plus âgés qui pressaient le pas pour se rendre eux aussi sur les lieux du sinistre. En croisant la mère et le fils, quelques-uns des retardataires posaient des questions au passage :

– Qu'est-ce qui brûle ?

– C'est grave ?

Sans s'arrêter la maîtresse de « La Rouvière » répondait :

– Le feu a commencé derrière le hameau des Louverots… Maintenant il gagne en direction des Neillées…

– Quelle calamité ! grondaient les vieux du village. On ne le démasquera donc jamais ce sale type ? Ah ! Si seulement on le tenait ! Il passerait un mauvais quart d'heure !…

Le reste des menaces se perdait dans la nuit, dans le bruit des graviers qui roulaient sous les pas pressés des curieux.

En entendant ces propos comminatoires, Yvonne Mouget sentait sa gorge se serrer tandis qu'un profond sentiment de culpabilité l'envahissait. Si elle n'avait pas fait un violent effort de volonté, elle se serait mise à pleurer. De gros sanglots s'accumulaient dans sa poitrine et elle avait des larmes au bord des paupières.

Qu'avait-elle donc fait pour mériter ce sort injuste ? Quelle faute inexpiable payait-elle en subissant cette nouvelle épreuve ? N'était-ce pas déjà un calvaire suffisant de traîner avec elle, depuis vingt-quatre ans, la lourde croix que représentait ce fils handicapé mental ? Ce simple d'esprit qui n'avait que l'aspect physique extérieur d'un homme mais dont l'intelligence n'était guère plus développée que celle d'un petit enfant ? Fallait-il qu'à cette infortune s'ajoutât encore ce nouveau drame ? Cette déviation terrifiante qui avait transformé Jeanjean, jusqu'ici paisible, en un monstre incendiaire ?

Tout en marchant dans la nuit d'été où flottaient à présent les lourds effluves de la paille brûlée, la fermière ne pouvait s'empêcher d'évoquer les principales étapes de sa vie gâchée.

Lorsqu'elle s'était mariée, vingt-cinq années auparavant, personne n'aurait pu imaginer qu'elle allait connaître une destinée aussi cruelle. Tout, au contraire, semblait indiquer qu'elle serait une femme comblée.

Fille unique de Gaston et Francine Péquignet, le plus gros propriétaire terrien de Rabron, elle avait eu une enfance et une jeunesse heureuses. Après des études menées avec succès jusqu'au Brevet élémentaire, dans une institution doloise, elle était revenue vivre au village. Son père était assez riche pour qu'elle ne fût pas obligée de travailler. Elle s'était donc contentée d'aider sa mère, de parfaire auprès d'elle ses qualités de bonne ménagère.

Yvonne connaissait depuis toujours Jean Mouget. De deux ans son aîné, ils avaient fréquenté à peu près à la même époque l'école communale et bien souvent joué ensemble sur la place de l'église.

Fils cadet d'un petit exploitant, Jean était resté près de son père en qualité d'aide familial. Il était adroit et courageux mais comme il n'y avait pas assez de travail à la ferme où vivait également son frère aîné, il louait ses services aux autres agriculteurs au moment des labours, des moissons. C'est ainsi qu'il était venu plusieurs fois prêter main-forte à Gaston Péquignet dont les deux commis de culture ne suffisaient pas à l'entretien d'un domaine qui avoisinait cent hectares.

En se revoyant, Jean et Yvonne avaient presque tout de suite éprouvé l'un pour l'autre une tendre attirance. La jeune pensionnaire des Ursulines était devenue une belle jeune fille, lui un garçon solide au visage agréable. Ils s'étaient fréquentés pendant un an et avaient annoncé leur intention de se marier lorsque Jean Mouget rentrerait du service militaire.

Les parents d'Yvonne avaient bien sûr songé à un meilleur parti pour leur fille unique. Sa mère surtout eût aimé la voir mariée à un commerçant et même, pourquoi pas, à un représentant d'une profession libérale. Les propriétés des Péquignet représentaient une belle dot en perspective. Outre « La Rouvière » qui était la ferme familiale et ses cent hectares de bonne terre à blé, il y avait aussi deux cents hectares de bois et trois étangs. Du côté de son père, Francine Péquignet avait hérité d'une ferme de vingt-cinq hectares à Longwy-sur-le-Doubs et de dix-sept hectares à Annoire, le tout affermé depuis de nombreuses années. Avec de telles espérances la petite Yvonne pouvait donc envisager de faire ce qu'il est convenu d'appeler un beau mariage.

Au contraire, elle avait choisi Jean Mouget, le dernier-né d'une famille de sept enfants. À l'exception de Paul, le frère aîné, tous les autres, garçons et filles, avaient quitté la ferme et occupaient des situations modestes. Deux des garçons travaillaient à Dole dans une usine de céramique, quant aux filles elles étaient mariées toutes les trois à des ouvriers de la Société Solvay, une entreprise de pétrochimie installée à Tavaux.

L'aîné des Mouget s'étant marié depuis une dizaine d'années et ayant lui aussi deux enfants, Jean ne pouvait guère espérer une autre destinée que celle d'ouvrier agricole. Il ne possédait absolument rien.

Les Péquignet connaissaient bien le milieu d'où était issu l'amoureux de leur fille. Des gens modestes, mais travailleurs et méritants. Seul, Paul Mouget, l'aîné, n'était pas très aimé. Buveur et querelleur, il avait même tendance à exploiter son frère cadet. Celui-ci par contre semblait posséder toutes les qualités, sérieux, intelligence, gentillesse et courage. Il aimait le métier de paysan. Il le pratiquait avec passion, cherchant sans cesse à parfaire ses connaissances en ce domaine, en lisant des ouvrages spécialisés et en recueillant les conseils des aînés.

Puisque c'était ce garçon-là que leur fille unique avait choisi, négligeant des partis beaucoup plus brillants, les parents d'Yvonne n'avaient rien fait pour contrarier sa décision. Son bonheur passait avant toute autre considération, surtout celle de l'argent et de l'amour-propre. Après tout, Gaston Péquignet allait peut-être même réaliser, grâce à ce gendre paysan, de lointaines aspirations. Il avait toujours rêvé d'avoir un fils pour lui succéder à la tête de « La Rouvière ». Jean Mouget serait ce fils. Il y avait de la place pour deux ménages sur l'exploitation. Au besoin, on pourrait encore étendre celle-ci en rachetant de la terre. Ce n'était pas ce qui manquait en ces temps d'exode rural.

CHAPITRE II

Ce fut donc par un oui sans réserve que les parents de la jeune fille répondirent à la demande du garçon. Le mariage eut lieu comme prévu après le service militaire de Jean, dans la petite église aux tuiles vernissées de Rabron. Ce fut une belle noce campagnarde à la ferme, en présence du ban et de l'arrière-ban des deux familles. Cela se passa en août 1970, immédiatement après les moissons, par une chaude journée d'été.

Le jeune couple connut ensuite huit mois d'un très grand bonheur. Jean vécut désormais complètement chez ses beaux-parents, laissant son frère se débrouiller seul sur l'exploitation familiale car entre-temps son père âgé et malade avait dû prendre sa retraite.

À « La Rouvière », le jeune marié ne tarda pas à mettre en pratique ses qualités d'organisateur et de novateur. Travailleur acharné, il se dépensait sans compter. Il fallait toute la ferme tendresse de son épouse pour l'arracher à ses champs.

Les jeunes gens s'aimaient profondément. D'un amour tout simple. Ils étaient pleins de force, d'espoir et de confiance en leur avenir. Que pouvaient-ils attendre de mieux ? Ils s'adoraient, ils étaient en bonne santé, ils avaient beaucoup de biens au soleil…

Un jour, la jeune femme annonça une grande nouvelle à son mari. Elle attendait un enfant. Ils exultèrent. C'était la réalisation de leur plus cher désir. Le petit être allait non seulement illuminer leur propre existence, mais sa venue comblerait d'aise les grands-parents Péquignet. Une ère de félicité encore plus grande allait bientôt commencer.

Par la suite, Yvonne s'était longtemps demandé si elle n'avait pas précisément payé ce bonheur trop facile ? Alors que tant d'autres jeunes ménages se débattaient, à leurs débuts, au milieu d'un grand nombre de difficultés matérielles et souvent morales, eux n'avaient eu qu'à se rencontrer, à se plaire, à s'aimer, à se marier pour connaître un bonheur encore plus grand, sans soucis d'argent, sans opposition familiale, bien au contraire. Cette existence comblée dès le départ n'était-elle pas une offense à un certain équilibre de la vie qui veut que rien ne soit tracé d'avance ? Que le bien-être se mérite avant d'être acquis et se gagne par le combat ?

Elle ne devait pas tarder à faire la dure expérience d'une autre destinée. À connaître la face jusqu'alors cachée d'un monde fait de douleur, d'incohérence et de désespoir.

CHAPITRE II

Un soir, Louis, l'un des commis des Péquignet, revint à la ferme en courant. Il annonça que, tandis qu'il était occupé à faucarder l'étang des Buées, en compagnie de son jeune maître, celui-ci avait glissé sur le fond de la barque et était tombé dans l'eau. Il avait dû couler à pic car, malgré tous ses efforts, il n'avait pu lui porter secours.

C'est le lendemain seulement, après avoir vidé l'étang, qu'on avait retrouvé le corps de Jean Mouget. Il était mort d'hydrocution, dans l'eau glacée d'un printemps pluvieux.

Huit mois seulement après avoir célébré ses noces, l'abbé Gastey, le curé de Rabron, avait récité le *Dies irae* sur la tombe de son jeune paroissien.

En quelques heures, une page venait de se tourner dans la vie de l'héritière de « La Rouvière ». Tout ce qui était lumineux s'était assombri. Comme un miroir qui se couvre de buée. Elle avait pleuré, pleuré et, pendant de longues semaines, sa raison s'était mise à vaciller. Sa grossesse s'était mal passée. Conduite d'urgence à la maternité de Dole, elle avait accouché, à huit mois, d'un bébé dont personne ne pouvait prédire, au début, s'il allait vivre ou mourir.

Mais, finalement, grâce aux soins efficaces du docteur et des infirmières, le petit prématuré avait survécu. La mère et l'enfant avaient pu regagner à Rabron la ferme familiale sur laquelle, entre-temps, un autre grand malheur s'était abattu. Gaston Péquignet venait de mourir, foudroyé par une crise cardiaque, au moment où les deux femmes auraient eu grand besoin de sa présence pour surmonter la dure épreuve qui les attendait encore.

La vie avait repris peu à peu son cours. Par la force des choses, et aussi pour oublier son chagrin, Yvonne Mouget s'était intéressée de plus en plus à la marche de l'exploitation agricole. Elle avait mené à bien tous les projets échafaudés par son mari et par son père. Elle en avait entrepris d'autres. Mettant elle-même la main à la pâte, au lieu de recruter du personnel supplémentaire, elle s'était attelée à la rude besogne des champs, conduisant les tracteurs et prenant les commandes de la moissonneuse-batteuse.

Pendant ce temps, le petit Jean avait grandi. D'abord malingre, il s'était développé rapidement et avait rattrapé son retard physique. C'était devenu un bel enfant, plein de vie et de santé.

Mais c'est alors que la pauvre Yvonne avait eu la révélation d'un nouveau malheur. Ce fils, sur lequel elle avait reporté toute sa tendresse, ce petit être qui restait le seul témoignage d'amour laissé par son mari, cet enfant en qui elle plaçait désormais tous ses espoirs, était anormal.

À quatre ans, il ne parlait toujours pas.

Après avoir longtemps hésité, refusé de croire l'inéluctable, la jeune veuve s'était résolue à conduire le petit Jean en consultation auprès d'un spécialiste, un médecin de l'Hôpital de Saint-Ylie. Le diagnostic du praticien était tombé comme une sentence implacable. L'enfant ne serait jamais comme les autres. Son intelligence ne pourrait pas dépasser un certain stade. Il resterait arriéré mental durant toute sa vie et serait incapable d'assumer tout seul sa propre destinée.

En regagnant « La Rouvière » après avoir entendu ce cruel diagnostic, Yvonne Mouget avait cru perdre la raison. Face à cette nouvelle épreuve, elle avait éprouvé la tentation de prendre son petit dans ses bras et d'aller se noyer avec lui dans l'étang des Buées qui avait déjà englouti son mari.

Heureusement, sa mère, malgré son propre chagrin, l'avait aidée à surmonter ce nouveau coup du sort. La jeune veuve avait pu refaire lentement surface et, au contact des réalités quotidiennes, retrouver un semblant d'équilibre. Le travail de la ferme, de plus en plus absorbant, sans enlever de son esprit l'écharde qui s'y était plantée, avait servi d'exutoire à sa peine. Plus que jamais, elle avait compris qu'elle devait conserver le patrimoine familial. Si Jeanjean demeurait durant toute sa vie un être assisté, la fortune des Péquignet ne serait jamais trop grande. Cette hantise de l'avenir, ce sentiment qu'il pourrait toujours manquer un seul centime pour assurer le bonheur matériel de son fils, avait transformé Yvonne en une véritable femme d'affaires. D'année en année, elle était devenue plus âpre au gain, plus exigeante avec elle-même et avec les autres. Non contente de gérer « La Rouvière », elle avait encore développé la superficie du domaine, rachetant des prés, des champs, des bois, chaque fois qu'une exploitation était à vendre, ce qui se passait souvent en cette époque d'exode rural.

En même temps qu'elle prenait ces hypothèques matérielles sur l'avenir, la jeune veuve tentait désespérément de conjurer la fatalité mentale qui s'était abattue sur son enfant. Avec une patience de bénédictine, soir après soir, durant des années, elle avait appris à Jeanjean l'usage de la parole. Miracle de l'amour maternel, le petit débile avait fini par connaître les mots les plus usuels et par s'exprimer d'une manière certes rudimentaire mais suffisamment compréhensible.

Quant au reste, Yvonne Mouget n'avait pas pu donner à son fils plus d'intelligence que Dieu ne lui en avait donné à sa naissance. Il avait continué à vivre dans son monde à lui. Un univers enclos peuplé de fantasmes sensoriels, émaillé de petits plaisirs, de petits chagrins insoupçonnés des gens normaux. En dépit de tous ses efforts, elle n'était jamais parvenue à pénétrer les secrets de cette existence superficielle qui s'ordonnait, malgré son incohérence apparente, selon une logique propre.

Au début, l'enfant était resté accroché à ses jupes, ne la quittant jamais, pleurant lorsqu'elle ne pouvait l'emmener avec elle. De cette époque datait sa sauvagerie, ses difficultés d'adaptation à d'autres êtres que ceux qui vivaient à « La Rouvière ». Yvonne Mouget avait bien essayé de le mettre en contact avec les enfants du village, mais leur cruauté naturelle envers le petit handicapé mental avait mis rapidement un terme à cette tentative.

L'adolescence avait amorcé une autre phase dans la vie de Jeanjean. Après la disparition de madame Péquignet, sa grand-mère maternelle, décédée alors qu'il allait sur ses quatorze ans, il s'était détaché peu à peu du nid familial. Il avait commencé des promenades exploratoires, d'abord à proximité de « La Rouvière », puis insensiblement de plus en plus loin à la découverte de la région.

Yvonne Mouget avait bien tenté de contrôler ces tentatives d'indépendance, de leur fixer une limite dans le temps et dans l'espace. Elle avait vite compris que son fils lui échappait. Il valait peut-être mieux, pour son équilibre, lui laisser une certaine autonomie. À plusieurs reprises, elle avait essayé de le suivre à son insu. Chaque fois, il avait détecté sa présence. Dès lors, il avait fait en sorte de semer sa compatissante poursuivante, soit en détalant à travers champs comme un jeune chien, soit en se cachant au creux des buissons, en attendant qu'elle se lasse de cette surveillance.

Depuis dix ans, Jeanjean menait cette vie-là. Sans poser de très gros problèmes à sa mère, pas plus qu'aux étrangers avec lesquels il se trouvait en contact. Il avait fallu qu'elle s'aperçoive qu'il découche et que cela coïncidât avec la série des incendies criminels pour que brutalement les paroles du médecin psychiatre revinssent à sa mémoire. Pour que la hantise d'un nouveau drame se profilât à l'horizon.

Comment tout cela allait-il se terminer ? Comment pourrait-elle combattre le terrible penchant qui venait de se manifester chez son fils ? Comment éviterait-elle qu'il ne soit démasqué ? Si cela se produisait, comment pourrait-elle le soustraire à la vindicte populaire ? Au moindre mal, comment s'opposerait-elle à son internement dans un asile ?

Telles étaient les questions qu'Yvonne Mouget continuait de ruminer avec angoisse tandis qu'ils venaient de regagner « La Rouvière ». Alors qu'elle se sentait désespérée, au bord de l'effondrement, Jeanjean avait retrouvé quant à lui tout son calme. Docile, détendu, inconscient du drame qui déchirait sa mère, il suivait celle-ci d'un pas tranquille, en sifflotant.

Lorsqu'ils arrivèrent dans la cour, Louis, le valet de ferme qui avait attendu le retour de sa maîtresse, demanda :

– Alors, c'est bien aux Louverots que ça flambe ?

– Oui, c'est aux Louverots, dit la veuve.

– Il y a beaucoup de dégâts ?

– C'est le feu !... Le feu partout !... s'écria le débile avec une exaltation qui glaça un peu plus le sang de sa mère.

Sans prêter attention, apparemment, aux déclarations de l'infirme, le vieux commis insista :

– Beaucoup de dégâts ?

– Assez, répondit Yvonne Mouget en s'empressant de faire rentrer son fils à l'intérieur de la maison. Mais les pompiers sont sur place… Ils vont éteindre le feu… Bonne nuit, Louis…

– Le feu ! C'est beau le feu ! répéta Jeanjean d'une voix à laquelle l'excitation donnait un accent guttural.

– Merci… Bonne nuit, patronne… fit le valet, que ces explications laconiques et surtout la précipitation de la maîtresse de « La Rouvière » rendirent perplexe.

Lorsqu'ils furent dans la chambre du handicapé, la veuve demanda d'un ton autoritaire :

– Retourne tes poches, Jeanjean, et sors ce qu'il y a dedans !

Le simple d'esprit ne broncha pas. Immobile au centre de la pièce, il se balança seulement d'un pied sur l'autre en baissant la tête.

– Tu as entendu ce que je t'ai demandé ? Sors tout ce que tu as dans tes poches ! Mets les affaires sur la table !

De mauvaise grâce, le débile commença à s'exécuter. Il sortit tout d'abord de la poche gauche de son pantalon un long morceau de ficelle, un clou rouillé et un canif.

– L'autre à présent ! exigea la mère.

La grosse main rougeaude et maladroite plongea dans la poche droite. Elle en ressortit avec un mouchoir crasseux, un bonbon aplati et tout collé dans son papier, un autre morceau de ficelle et un boulon.

– C'est tout ?

Rien qu'à la façon dont il hocha la tête, elle comprit qu'il mentait. Il cachait quelque chose.

– Ne dis pas de mensonge, Jeanjean ! Tu n'as pas tout sorti !...

La patte aux doigts boudinés et aux ongles malpropres repartit au fond de la poche droite pour une nouvelle exploration.

Yvonne sentit son cœur se serrer. Cette fois sans doute la terrible pièce à conviction, la boîte d'allumettes ou le briquet volé allait apparaître...

Ce fut un autre objet que l'infirme mit au jour. Un petit portefeuille de cuir rouge. La maîtresse de « La Rouvière » s'attendait si peu à cela qu'elle n'y prêta sur le moment aucune attention. Elle insista :

– Cherche encore ! Il reste autre chose !...

– Non !

– Je suis sûre que si ! Approche !

Avec une mauvaise volonté persistante, le simplet fit deux pas en direction de sa mère. Elle palpa d'abord le pantalon de velours, puis, comme elle ne sentait rien à travers l'étoffe, elle retourna successivement les deux poches.

Celles-ci étaient vides. Complètement vides…

Comprenant qu'elle ne trouverait pas sur lui la preuve escomptée, Yvonne Mouget entreprit de questionner son fils.

– Pourquoi es-tu sorti cette nuit ?

Le grand gaillard ne répondit rien.

– Hein ? Pourquoi ?

– Pour promener…

– Où étais-tu ?

– Là-bas…

Un geste était joint à la parole, aussi vague qu'elle.

Les deux mains maigres de la mère s'agrippèrent au col de la chemise à carreaux du garçon. Elle se mit à le secouer frénétiquement.

– C'est toi qui as mis le feu ? Hein ? C'est toi ?

– Le… le… feu… bégaya-t-il.

– Oui. C'est toi qui as fait ça ?

Il la regarda un long instant, d'un air incrédule, sa grande bouche ouverte. Elle ne put supporter plus longtemps le spectacle de cet être dont la malfaisance se cachait sous une telle incompréhensibilité. Elle s'effondra en larmes sur le lit et, toute secouée de sanglots, cacha sa face angoissée dans l'oreiller.

C'était la première fois que l'infirme voyait pleurer sa mère. Jusque-là, elle lui avait toujours dissimulé soigneusement son chagrin pour ne pas le troubler. Il en resta interdit, pendant plusieurs dizaines de secondes, essayant, dans sa pauvre tête malade, d'appréhender les raisons de l'affliction maternelle.

Il s'assit à son tour sur le bord du lit qui gémit sous son poids. Puis, après avoir levé sa main au-dessus de la tête de sa mère, comme s'il voulait lui caresser les cheveux, mais sans oser le faire, il dit d'une voix qui restait curieusement enfantine en dépit de son timbre rauque :

– Pas moi maman… Pas moi qui ai mis le feu…

Il y avait un tel accent de sincérité dans ces propos qu'elle en fut étonnée. Jusqu'ici, elle avait toujours su discerner ce qu'il y avait de vrai ou de faux dans les paroles de son fils. Ses intonations ne la trompaient pas. Or, cette fois, il avait parlé avec une grande franchise.

Relevant la tête, elle le regarda entre ses larmes et, d'une voix que l'émotion faisait trembler, elle dit lentement :

– Tu sais qu'il ne faut pas dire de mensonge… Que le Bon Dieu t'entend, là-haut !…

Secouant son front envahi par une abondante chevelure, l'infirme répéta :

– Non… Pas Jeanjean qui a fait ça, maman… Pas Jeanjean…

Envahie par un fol espoir en entendant ces mots, Yvonne passa, toute tremblante, ses bras autour du cou de son fils et se mit à le couvrir de baisers. Pour ne pas être en reste avec elle, il colla ses propres lèvres sur la joue de sa mère, l'embrassa avec empressement et maladresse.

– Mon petit !... Mon petit !... Si tu savais...

Cet élan spontané de tendresse de la part de son enfant la faisait frissonner, la plongeait dans un abîme de perplexité comme si elle redoutait que les choses, au lieu de s'éclaircir, se compliquent encore plus.

– Il ne faudra plus sortir la nuit, dit-elle. Tu me le jures ?

– Oui...

Longtemps après, lorsqu'elle eut séché ses larmes, elle se releva.

– Maintenant, il faut dormir Jeanjean... Moi aussi, je vais aller me coucher... Je suis lasse... Très lasse...

Yvonne Mouget semblait effectivement fatiguée. Elle avait les traits pâles et tirés. On aurait dit une vieille femme.

Au moment de sortir, elle se retourna une nouvelle fois vers son fils toujours assis sur le bord du lit. C'est alors qu'elle remarqua le petit portefeuille de cuir rouge posé sur la table parmi les objets hétéroclites qu'il avait extirpés de ses poches.

– Et ça, Jeanjean ? D'où ça vient ?

CHAPITRE II

Tout de suite, elle vit son air embarrassé.

– L'ai trouvé, dit-il. Sur la route…

Son ton n'emportait guère la conviction. Elle prit l'objet, l'ouvrit et inventoria son contenu. L'une des poches contenait un billet de dix francs, l'autre une photographie d'amateur en couleurs. Elle représentait une jeune fille aux cheveux blonds, très jolie, assise sur la margelle d'un pont. Yvonne Mouget reconnut immédiatement le personnage. Il s'agissait de Christine Bonin, une jeune personne aux mœurs assez dissolues qui habitait chez son père, un homme peu recommandable, dans une cabane bâtie au lieu dit La Sablonne, pas très loin du confluent du Doubs et de la Loue.

Trouvant brusquement inconvenant que son fils se promène avec le portrait de cette drôlesse au fond de la poche, la maîtresse de « La Rouvière » s'exclama :

– Tu n'as pas le droit de garder ça ! Il faut le rendre !

Jeanjean eut alors une réaction à laquelle elle était loin de s'attendre. Quittant le lit d'un bond, il se précipita vers elle et lui arracha littéralement le portefeuille des mains.

– Non, dit-il. C'est à moi !… C'est à moi !… Veux garder Christine !…

CHAPITRE III

JEANJEAN AVAIT VRAIMENT le cœur gros en quittant « La Rouvière » le lendemain matin. Contrairement à son désir le plus cher, il avait été obligé de rendre le petit portefeuille rouge à sa mère. Sans s'en rendre compte, en le dépossédant du portrait de Christine Bonin, elle venait de lui causer une très grosse peine.

La veuve n'avait pas réalisé pour quelle raison son fils s'était attaché à cet objet trouvé. Par contre elle avait été fort mécontente d'entendre Jeanjean appeler la jeune fille par son prénom.

– Christine ?... avait-elle questionné. Qu'est-ce que tu racontes ? Tu connais la Bonin ?...

Il n'avait rien répondu. Depuis longtemps, il comprenait confusément qu'en certaines circonstances il valait mieux se taire. Garder secrètes quelques-unes de ses actions ou de ses pensées. Il ne risquait pas alors de s'attirer des reproches. C'est ainsi qu'il n'avait pas raconté de quelle façon il s'était approprié le portefeuille. De même, il avait soigneusement dissimulé les sentiments qu'il éprouvait pour la jeune fille. Il se rendait bien compte que son adoration pour elle était peu compatible avec l'amour exclusif que lui portait sa mère. Pour avoir lui-même, en différentes occasions et pour des causes futiles, éprouvé de la jalousie, il supputait qu'elle serait fâchée en apprenant ce qu'il ressentait à l'égard de Christine.

D'ailleurs, Yvonne Mouget s'était tout de suite montrée catégorique. La nuit précédente, avant de quitter la chambre de son fils, elle s'était écriée :

– Donne-moi ce portefeuille Jeanjean ! Il ne t'appartient pas, tu n'as pas le droit de le conserver ! Demain matin, j'enverrai Louis le rapporter à sa propriétaire. Quant à toi, je t'interdis de t'approcher de cette fille de rien ! Tu m'entends bien ? Si elle cherche à t'attirer, à te parler, ne va pas près d'elle !

Sa mère était repartie fort mécontente, en lui prenant le portefeuille. Jeanjean s'était recouché, mais il n'avait pas fermé l'œil jusqu'au matin. Une insidieuse contrariété, un sentiment de frustration l'avaient tenu éveillé. Il s'était mis à regretter amèrement de ne pas avoir dissimulé la photographie qu'il adorait, au fond de sa cachette habituelle. Dans la cavité située entre les poutres du plafond de la vieille grange où il recelait ce qu'il considérait comme ses trésors. Depuis des années, il avait accumulé là un véritable capharnaüm. Une incroyable quantité d'objets trouvés ou rapinés lors de ses déplacements à travers la région.

Jeanjean avait beaucoup plus de malice que sa mère ne l'imaginait. Il commettait à son insu quantité de petits larcins dont il rapportait le produit à « La Rouvière » et qu'il entassait pêle-mêle dans sa cache, sans jamais plus les regarder ensuite.

Il chapardait par jeu, au hasard, un peu comme ces pies voleuses attirées par tout ce qui brille. Des promeneurs avaient-ils laissé leur voiture arrêtée en bordure de la forêt ? Il essayait d'ouvrir les portières et raflait ce qui se trouvait sur les sièges. L'été, il allait rôder en bordure du Doubs et de la Loue. Il épiait les baigneurs, les baigneuses et fouillait leurs affaires tandis qu'ils étaient en train de s'ébattre au milieu de la rivière. Il dérobait surtout des objets peu encombrants. De ceux qu'il pouvait mettre au fond de sa poche et dissimuler au regard inquisiteur de sa mère lorsqu'il rentrait à la ferme. Les montres, les bracelets, les objets de toilette féminins en métal doré ou argenté avaient sa préférence.

Bien qu'Yvonne Mouget ne s'en fût aperçue que très récemment, il y avait cependant de nombreux mois qu'il découchait. C'était surtout pendant les nuits d'été qu'il quittait « La Rouvière ». Il s'en allait rôder autour des fermes isolées où il n'y avait pas de chien de garde. Par les fenêtres des chambres ouvertes sur la campagne, il espionnait l'intimité des gens. Il les regardait aller et venir, se déshabiller, se mettre au lit… Parfois, avec une audace surprenante, il entrait même à l'intérieur des maisons. Aussi discret, silencieux et insaisissable qu'un chat, il se glissait partout sans qu'on détectât sa présence.

Chaque été, il était attiré par un autre spectacle nocturne. Celui des terrains de camping plus ou moins sauvages où les vacanciers s'installaient, en bordure des rivières ou des étangs. Son grand plaisir, c'était de ramper jusqu'à côté des tentes et des caravanes pour écouter ce qui se passait à l'intérieur.

Il lui arrivait aussi de couper, par jeu, les cordelettes qui tendaient les toiles, de renverser le matériel culinaire ou de frapper à coups de bâton contre les cloisons de tôle.

CHAPITRE III

Il faisait toutes ces farces au gré de sa fantaisie, sans idée malfaisante préconçue. C'était toujours la curiosité qui le poussait. Il n'aimait côtoyer les autres que de cette façon-là. C'est-à-dire à l'abri de leur regard. Il perdait alors son complexe de timidité, la conscience très nette qu'il avait de son infirmité. Il se sentait plus fort et avait le sentiment qu'il pouvait tout se permettre.

Inconsciemment, Jeanjean savait que ce qu'il faisait était répréhensible ; c'est pourquoi il ne parlait jamais à personne de ses fredaines. Surtout pas à sa mère. D'année en année, cette vie en marge avait pris pour lui plus d'importance. Il en tirait une secrète jouissance que les risques encourus accroissaient encore. Son impertinence l'entraînait de plus en plus loin, le poussait à commettre des actions dont la témérité frisait l'impudence. Il s'approchait à quelques mètres seulement des baigneurs, pénétrait dans les chambres où dormaient les gens. Il faisait cela uniquement pour éprouver le petit frisson désagréable qui courait le long de son échine au moment où il était sur le point d'être découvert.

Malgré toutes ses précautions, à deux reprises, l'affaire avait failli se terminer très mal pour le rôdeur facétieux. Un jour qu'il inventoriait le contenu d'un sac de plage, un homme couché dans un buisson l'avait surpris en flagrant délit.

Le témoin s'était mis à crier comme un putois et l'avait agrippé par le bras. Jeanjean s'était défendu comme une véritable bête sauvage. Il avait mordu, bousculé son adversaire qui tentait de lui barrer le chemin et s'était enfui vers des fourrés. Par la suite, pendant plus d'une heure, les autres vacanciers avaient battu et rebattu le petit bois où il se cachait, sachant qu'il n'avait pu se sauver bien loin. Allongé sous un tas de fagots, il les avait vus passer et repasser vingt fois près de lui sans que sa présence fût détectée. Finalement, les Parisiens s'étant lassés, il avait pu regagner « La Rouvière » à la nuit tombante.

Une autre fois, près d'un camping, il s'était laissé surprendre. La veille, il avait déjà rôdé dans les parages et, par taquinerie, s'était amusé à dégonfler les roues d'une caravane. Dans la perspective de son éventuel retour sur les lieux, les campeurs avaient monté la garde à tour de rôle. Pris dans un véritable guet-apens, il n'avait dû qu'à sa force herculéenne de ne pas succomber sous le nombre de ceux qui tentaient de le maîtriser. Jouant des pieds et des poings, mordant, griffant, grondant comme un animal enragé, il s étaít finalement dégagé en laissant plusieurs adversaires sur le carreau. Lui, en était sorti avec de multiples ecchymoses et une dent cassée.

Telle était la vie indépendante et aventureuse que menait Jeanjean à l'insu de tous. Bien qu'on le considérât dans la région comme un être totalement inoffensif, beaucoup de ceux qui le croisaient au hasard de ses longues déambulations éprouvaient un certain malaise. Quelques-uns se sauvaient même à son approche, en particulier les enfants et les jeunes filles. Le colosse itinérant faisait peur, et comme il n'était guère loquace on ne savait jamais quelles idées pouvaient bien hanter sa minuscule cervelle.

Le débile se rendait parfaitement compte qu'il inspirait un sentiment de crainte. Cela ne favorisait guère ses rapports avec les autres. Se sentant l'objet de défiance, de mépris, il s'enfermait de plus en plus dans son monde de solitude et de sauvagerie. Il ne parlait qu'avec sa mère ou avec Louis, le vieux valet de « La Rouvière » qui l'avait vu grandir et fait sauter sur ses genoux lorsqu'il était petit. Encore ne tenait-il pas de longs discours. Des phrases toutes simples souvent construites sans verbe. Le plus souvent des questions et des réponses.

En dépit de nombreuses tentatives, ses proches n'étaient jamais parvenus à l'intéresser vraiment au travail de la ferme. Il était trop distrait pour qu'on lui confiât une tâche de quelque importance. L'automne, pourtant, il adorait ramasser les pommes de terre au moment de la récolte. Il les mettait dans des sacs qu'il transportait ensuite lui-même sur son épaule jusqu'à la remorque. Il aimait aussi effeuiller le maïs. Chaque hiver, il passait de longues heures dans la grange en compagnie de Louis, à dépouiller les « penouillons » blonds qu'il réunissait habilement à l'aide de liens d'osier et qu'on faisait ensuite sécher sous l'auvent du toit.

Mais Jeanjean préférait de beaucoup la flânerie à ces travaux agricoles. Il n'aimait pas l'hiver qui le contraignait à demeurer à la maison. Sa mère, en ayant plus de temps à lui consacrer, s'ingéniait à le retenir auprès d'elle sous prétexte qu'il pleuvait ou qu'il risquait de prendre froid. Cette hibernation forcée lui pesait tellement que, dès le retour des premiers beaux jours, il était impossible de le retenir. Il s'évadait à la première occasion et reprenait ses interminables pérégrinations à travers la campagne.

Ce matin, il s'était esquivé aussitôt après avoir mangé ses quatre œufs frits sur deux tranches de lard fumé, copieux viatique qui l'aidait à tenir le coup jusqu'à midi et parfois jusqu'au soir.

CHAPITRE III

Yvonne Mouget n'avait eu que le temps de lui dire :

– Tâche de ne pas faire de sottises…

Une antienne qu'il entendait répéter depuis des années et à laquelle il n'attachait pas grande importance. Aujourd'hui, il avait perçu une curieuse intonation dans la voix de sa mère. L'expression d'une sourde angoisse qui lui avait remémoré les événements de la nuit précédente. Un sentiment de culpabilité s'était aussitôt insinué en lui et il s'était éloigné le plus rapidement possible de la ferme en se retournant à chaque instant comme s'il craignait d'être suivi.

Lorsqu'il quittait « La Rouvière », il n'empruntait jamais la rue qui passait devant la maison et par laquelle on pouvait rejoindre le centre de Rabron. Il partait toujours par l'arrière de la propriété et s'en allait directement à travers champs. Il prit une fois encore le même chemin, traversant d'abord le verger avant de gagner les abords du Finage.

Sept heures venaient juste de sonner au clocher du village. Il faisait un temps splendide. Le soleil déjà haut, fiché au milieu d'un ciel d'azur poli, distillait une chaleur brute qui avivait les parfums du matin. La brise avait une haleine de blé mûr à laquelle s'intégrait l'odeur de craie tenace de la terre craquelée, desséchée sur plus d'un demi-mètre de profondeur. Une poussière blanche, impalpable, en suspension dans la lumière rendait les lointains fumeux et poudroyants. C'était le nuage des moissons, celui que produisaient les machines qui ronflaient depuis la pointe du jour à travers la plaine.

Jeanjean traversa tout d'abord en diagonale un grand champ en jachère, à l'herbe rase, roussie, peluchée de chardons. À son approche, des alouettes jaillirent d'un buisson comme une gerbe d'étincelles et s'enfuirent en criant. Il atteignit ensuite une pièce déjà fauchée et avança d'un grand pas dans la touffeur des éteules. De sa haute stature, il découvrait le paysage, l'immense étendue des blés mûrs, les moissons onctueuses et dorées ressemblant à des tartines de miel blond.

Très haut dans le ciel couleur de bleuet, une buse se balançait mollement portée par le courant de l'air, comme une feuille sur les eaux. Soudain, un grand lièvre se leva au milieu d'une touffe de blé épargnée par la moissonneuse-batteuse. Il détala à vive allure en direction d'un champ d'orge encore sur pied. Jeanjean le connaissait bien ce capucin. Il le débusquait souvent au cours de ses promenades. C'était un vieux rusé qui avait survécu à deux ou trois saisons de chasse en se réfugiant, dès l'ouverture, dans le périmètre de la réserve. Il y en avait beaucoup d'autres là-bas, ainsi que des faisans qui avaient plus de mal à se cantonner dans cette aire de survie du gibier.

Le simplet arriva enfin à proximité des Goudots, un vaste maquis de viornes, d'aubépines et d'ajoncs, une grande mer de buissons moutonnée de peupliers, de bouleaux et de saules. C'était l'endroit le plus sauvage de la région. C'était vraiment le pays des Trois Rivières, là où le Doubs, déjà fort large en cet endroit, s'engrossait encore de deux affluents, la Loue et l'Orain. La jonction des trois cours d'eau s'opérait dans une suite de terrains minés et bouleversés par les crues qui y faisaient de grands ravages à la saison des pluies.

L'été, par contre, l'endroit devenait un enchantement d'ombre et de fraîcheur. Un merveilleux paysage d'eaux vivantes, de bois touffus. Pour les pêcheurs qui ne craignaient pas de s'enfoncer dans l'espèce de jungle épaisse qui s'étendait sur plusieurs dizaines d'hectares de chaque côté des trois rivières, c'était un véritable paradis halieutique. Ombres, truites, brochets, perches et poissons moins nobles proliféraient sous les souches d'arbres morts, sous les racines immergées, entre les grosses pierres enrobées de lichens.

Pour atteindre ce vivier, on devait posséder non seulement le sens de l'orientation, mais également la souplesse des grands félins permettant de se couler à travers l'enchevêtrement des buissons et des ronciers. Il ne fallait pas non plus craindre l'enlisement car d'innombrables « mortes », trous d'eau de résurgence ou résidus d'anciennes crues, jalonnaient traîtreusement le parcours, tendant des pièges sous les pas des promeneurs imprudents. Plusieurs pêcheurs et chasseurs s'étaient noyés dans ces mares limoneuses d'où s'échappait, l'été, une odeur amère de vase asséchée et de poisson en décomposition.

Jeanjean se moquait de tous ces dangers. Le site des Goudots était son domaine. Il connaissait chaque pouce de terrain, chaque passage, chaque gué, chaque secret de ce monde perdu, livré à l'envahissement des ajoncs. Il avait appris le langage des prés et des bois, celui des buissons de viornes ; le chant des herbes sauvages, le feulement de la brise dans les roseaux. Il vivait en accord avec la grande voix de la rivière. Il tenait d'interminables conciliabules avec tout ce qui existait, animaux, végétaux, minéraux. Il allait rendre visite à ses brochets et aux grosses truites endormies entre les pierres, dans des repaires ignorés des plus fins pêcheurs. Il suivait pendant des heures à travers la transparence des eaux de la Loue le manège des ombres à l'affût des insectes aquatiques. Il connaissait le gîte des lièvres roux, tous les nids où couvaient les poules faisanes et les sarcelles. Lorsqu'il avait faim, il savait où diriger ses pas pour dénicher les clairières piquetées de rouge par les petites fraises des bois. Il possédait un flair extraordinaire pour découvrir les grands ronciers couverts de mûres ou les framboisiers des bois.

Jeanjean trouvait dans la sauvagerie de ces lieux un asile à la mesure de son besoin de paix, de solitude et d'espace. Les Goudots lui procuraient une impression d'isolement, de sécurité. L'épaisseur des feuillages et des roselières comblaient son aspiration de calme, de silence. Le temps filait comme l'eau vive. La brise tiède l'enveloppait, berçait ses rêves informels. Un accord profond s'établissait entre cet univers agreste et lui, à tel point qu'il y eût vécu facilement comme un animal. Sans sa mère, qui servait de relais entre ce monde empli de sortilèges et la civilisation, il aurait sans doute fini par rester en ces lieux, pour y retourner à une vie quasi primitive.

Depuis quelque temps, un autre être l'attirait vers le pays des Trois Rivières. La première rencontre datait du début juin de cette année. Un après-midi, alors que Jeanjean se promenait en bordure du Doubs, il avait entendu le clapotis caractéristique que fait un baigneur en remontant un cours d'eau à contre-courant. Intrigué, il avait jeté un coup d'œil à travers le lacis des branches.

C'était une baigneuse. Une fille de la région qu'il connaissait de vue. Elle s'appelait Christine Bonin. Tout le monde l'appelait « la » Bonin et, dans la bouche des gens, l'article précédant ce nom propre avait un sens des plus péjoratifs. Pour avoir entendu, sans toujours les comprendre, certaines conversations au sujet de la jeune fille, Jeanjean savait qu'elle jouissait d'une mauvaise réputation dans le pays. S'il ignorait les raisons de cet opprobre populaire, il connaissait par contre l'endroit où elle habitait. Une masure sise au confluent du Doubs et de la Loue. Elle vivait là avec son père, à près de trois kilomètres du village, dans un isolement qui n'était plus aussi total qu'autrefois depuis qu'elle aguichait les garçons. Il en venait de tous les environs pour voir la belle. Ils étaient d'autant mieux accueillis qu'ils apportaient avec eux des conserves et des boissons avec lesquelles on faisait ripaille. Ce qui se passait ensuite était facile à deviner. La fille payait les gars en nature et la rivière emportait au loin les échos de ces orgies qui scandalisaient les habitants de Rabron.

Le père était non seulement consentant mais complice de cette débauche qui lui permettait de faire bombance. Il était petit, massif, le visage rude, très coloré, encadré d'une barbe hirsute. Depuis que sa femme l'avait abandonné en le laissant seul avec sa fille alors âgée de quatre ans, il était tombé dans la débine. Il ne vivait plus que de rapines et de braconnage. Cela lui avait d'ailleurs valu de passer à plusieurs reprises devant le tribunal, d'écoper des amendes et quelques semaines de prison.

Avant le début du mois de juin, Jeanjean n'avait jamais prêté une particulière attention aux agissements de cette famille aux mœurs dissolues. Il craignait d'ailleurs Maurice Bonin qui hantait comme lui le maquis des Goudots et qu'il surprenait souvent alors qu'il tendait des collets ou relevait des nasses dans les rivières. Chaque fois, l'autre le couvrait d'insultes, lui faisait peur avec son fusil et s'efforçait de le poursuivre. Le père de Christine avait l'ouïe et le flair aussi développés qu'un renard. Il détectait aussi bien la présence des gardes fédéraux que celle du simplet lorsqu'ils l'observaient de derrière les buissons. Quand c'était Jeanjean, l'autre entrait dans une rage folle et le malheureux garçon n'avait qu'à prendre ses jambes à son cou pour échapper à la correction qu'on lui promettait. Le débile se vengeait un peu plus tard en détruisant les pièges à martres ou en rendant la liberté aux poissons pris dans les nasses. Il s'en était suivi une animosité croissante entre Jeanjean et Bonin qui se haïssaient secrètement bien qu'ils eussent peu souvent l'occasion de se voir de près. Pour toutes ces raisons, le fils d'Yvonne Mouget évitait de s'approcher de la masure du braconnier qui n'eût pas hésité à lui flanquer un coup de fusil s'il l'avait vu rôder autour de chez lui.

Sa rencontre avec Christine Bonin n'avait été, au départ, qu'une occasion d'user d'une manière détournée de représailles contre son père. En la voyant au milieu de la rivière, le simplet avait pensé que ce serait de bonne guerre de lui dérober ses vêtements.

Il avait remonté sans bruit le long du Doubs et découvert aisément la petite crique où la jeune fille s'était déshabillée. En un tournemain, il s'était saisi de la robe et des sous-vêtements de la baigneuse puis avait plongé au cœur d'un gros buisson d'où il pourrait observer, sans être vu, les réactions de sa victime.

Elle était revenue un long moment après en se laissant porter par le courant calme de la rivière qui possédait à cet endroit la transparence et l'éclat mystérieux de l'émeraude. Il l'avait vue prendre pied sur la gravière aux galets ronds, puis s'avancer vers la plage minuscule ombragée par une coupole de feuillage.

Elle arrivait à contre-jour. Ce fut seulement au moment où elle leva les bras pour rejeter ses cheveux blonds sur sa nuque que son buste accrocha le soleil et les chatoiements de l'été. Elle était complètement nue.

Jusque-là, Jeanjean avait déjà eu à plusieurs reprises l'occasion d'observer des baigneuses alors qu'elles étaient en train de se rhabiller. Ignorance ou indifférence, il n'avait jamais attaché d'importance à ce spectacle. Chez ce gaillard au corps athlétique, l'instinct sexuel en était resté au stade de la virtualité.

Ce jour-là, face à la plastique impressionnante de la fille qui s'avançait vers lui, toute nimbée par la lumière de sa nudité blonde, radieuse, impudique, fière de sa beauté, il eut la révélation d'un secret millénaire. Comme aux premiers jours de la création, l'étincelle d'amour jaillit, quelque part en lui et il se sentit irrésistiblement attiré par le grand mystère féminin.

Un violent désir l'envahissait. Celui de s'approcher de la fille. De la serrer entre ses bras. D'embrasser ses lèvres pulpeuses. De caresser ses hanches qui se balançaient dans un mouvement lent ressemblant à un appel.

Cependant Jeanjean ne bougea pas de sa cachette. La gorge sèche, les nerfs exacerbés, le corps tendu, il se contenta de dévorer Christine Bonin des yeux. De regarder, sur sa peau lisse et mate, ruisseler les minuscules gouttelettes d'eau que la lumière irradiait comme autant de perles.

Il vit naître l'étonnement sur son visage lorsqu'elle constata que ses vêtements avaient disparu. Elle commença par regarder autour d'elle d'un air incrédule. Puis un sourire équivoque éclaira ses traits. Sans doute devait-elle penser qu'un de ses coquins était l'auteur de cette farce ?

– Tu ferais mieux de venir m'essuyer le dos ! avait-elle dit d'une voix un peu rauque, semblable à une invite.

Comme Jeanjean restait silencieux et que le temps passait, elle s'était un peu énervée :

– Allons ! Rapporte-moi mes vêtements ! La plaisanterie a assez duré !...

Le simplet avait eu, à cet instant, la folle envie de foncer à travers l'écran des buissons, de courir vers la fille, de lui redonner ses sous-vêtements et sa robe. Mais cette idée ne se matérialisa pas. Au dernier moment, une sorte de peur le retint, celle de se voir rejeté une fois encore et tourné comme de coutume en dérision. Il resta prudemment tapi dans sa cachette et assista à la colère de Christine Bonin qui se mit à crier des grossièretés à l'adresse du chapardeur anonyme. Lorsqu'elle eut épuisé toutes les ressources de son vocabulaire particulièrement choisi en la circonstance, elle se décida enfin à quitter la petite plage discrète où elle s'était déshabillée. Nue comme Ève au Paradis terrestre, elle reprit le chemin de la maison paternelle en empruntant le sentier mangé par les herbes et les ronces.

Longtemps après le départ de la fille, Jeanjean resta sous l'émerveillement de sa voluptueuse nudité. Avec au fond des yeux la vision de son dos cambré, de ses longues cuisses, la blancheur de sa peau nacrée. Pour retrouver l'odeur de cette féminité agressive, il enfouit son visage dans les vêtements de Christine, sentant déferler dans les profondeurs de son être un flot d'excitations, de sensations qu'il n'avait jamais éprouvées jusque-là.

Plus tard, dans une poche de la robe, il devait découvrir le petit portefeuille rouge et la photographie de son idole. Il s'était mis à la couvrir de baisers comme s'il s'agissait d'une image sainte.

À partir de ce moment, de jour comme de nuit, pas un seul instant le souvenir de la jeune fille n'allait le quitter. Il était devenu la proie d'une tendresse diffuse mais aussi d'une exaltation plus impérieuse, plus sauvage, qui lui procurait à la fois les joies et les affres du désir physique. Le temps et le monde n'existaient plus. Il ne vivait que pour retrouver la sensation qui l'avait bouleversé. Pour revoir celle qui avait apporté une si profonde transformation dans sa vie.

Oubliant toute prudence, il s'était rapproché de la maison des Bonin, passant des heures et des heures allongé dans les herbes folles, épiant les allées et venues des habitants de la masure. À force de patience et de ruse, il était même parvenu à apprivoiser le petit fox-terrier du braconnier qui n'aboyait plus à son approche. Grâce à cette neutralité bienveillante obtenue avec des os et des gâteaux, il pouvait, la nuit, se glisser jusque sous la fenêtre de la chambre où dormait Christine.

Telles étaient, depuis le début du mois de juin, les habitudes contractées par Jeanjean à l'insu de tous. Si sa mère avait su, ce matin-là, vers quel endroit il dirigeait une nouvelle fois ses pas, sans doute eût-elle été effrayée par l'intensité de la passion qu'il vouait à Christine Bonin…

CHAPITRE IV

S'IL EST UNE TRADITION restée bien vivante dans le Finage et que l'uniformisation des mœurs n'a heureusement pas encore altérée, c'est celle de la fête patronale. Autrefois religieuse, cette manifestation devenue profane ne donne plus lieu depuis longtemps à un office ou à une procession. Seule, la coutume de la pose des « saints » continue à rappeler les lointaines origines de cette réjouissance.

Tout commence à la tombée de la nuit qui précède la fête, le samedi soir vers 21 heures.

Les conscrits du village ont rendez-vous sur la place de l'église et, selon l'importance de la localité, se fractionnent en plusieurs groupes afin d'aller placarder de ferme en ferme les gravures naïves qui préludent aux joies du lendemain.

« Les Saints » sont des images d'Épinal, tantôt très coloriées, tantôt imprimées en or sur fond blanc, représentant une scène caractéristique de la vie du saint patron de la commune. Chaque maison sera décorée de cette affichette coloriée qu'on encloue sur la porte principale. Le maire du pays, les conseillers municipaux ainsi que les conscrits et conscrites de l'année auront droit en outre soit à une cocarde, soit à un encadrement tricolore.

À l'issue de leur longue déambulation nocturne à travers les chemins du village, les afficheurs de « saints » entreprendront de refaire, dès l'aube, la même tournée. Ils seront accompagnés cette fois d'une antique calèche tirée par un cheval et d'un orchestre de trois ou quatre musiciens. Durant toute la matinée, les conscrits « relèveront les saints », c'est-à-dire qu'ils feront la quête de maison en maison pour recueillir les libéralités traditionnelles de leurs concitoyens.

Bien rares seront ceux qui refuseront de donner. Chacun versera, selon ses moyens, son obole annuelle. Tantôt, les dons seront en espèces, tantôt en nature. Au fur et à mesure de la tournée, la calèche des musiciens se transformera en véritable épicerie ambulante surchargée de victuailles et de bouteilles de bon vin, tandis que la cagnotte des conscrits se garnira de pièces et de billets.

À chaque croisée de chemin, dans chaque hameau et dans toutes les rues au centre du village, une aubade éclatante mais pas toujours très harmonieuse sera donnée aux habitants. Les filles du pays, faussement effarouchées, n'échapperont pas aux embrassades généreuses des conscrits finalement éméchés.

À Rabron, la fête patronale tombait le dimanche suivant la Saint-Victor, c'est-à-dire aux alentours du 20 juillet. Bien qu'on fût à cette époque en pleine période des moissons, la population n'en sacrifiait pas moins à la tradition. Pendant deux jours, on ne songeait plus qu'à ripailler et à s'amuser.

Dès le milieu de la semaine précédant la fête, les préparatifs culinaires vont bon train. Les ménagères s'activent à la confection de pâtés et autres charcuteries. Un à un, les lourds camions des forains arrivent sur la place de l'église. D'abord celui du père Ticlet, l'entrepreneur du bal monté, suivi du Berliet poussif des Reguain, les propriétaires du manège pour enfants.

Lorsque la voiture de la gendarmerie de Chaussin traversa la place de Rabron ce vendredi 20 juillet, une grande animation régnait déjà sous l'ombrage des tilleuls. Aidés des gosses du pays, ravis d'occuper leurs loisirs de vacances pour quelques entrées exonérées ou quelques parties gratuites, le père Ticlet et le grand Reguain déchargeaient hâtivement leur matériel. La vue des képis n'interrompit pas leur besogne bien que tous deux se demandaient s'ils n'allaient pas faire l'objet d'un contrôle. Ça leur arrivait souvent et il était bien rare qu'ils ne récoltent pas une contravention pour défaut de présentation de véhicule au service des mines ou infractions aux règlements de circulation des poids lourds.

Ce jour-là, les gendarmes ne s'intéressèrent pas aux forains. Ils se rendirent directement au domicile du maire, un retraité des Ponts et Chaussées qui habitait une grande maison de brique rouge à la façade couverte de glycines.

Le magistrat communal devait attendre ses hôtes car il vint les accueillir sur le seuil de sa porte. Il les conduisit aussitôt dans sa salle à manger, une pièce meublée en style Henri II, dont la table servait de rangement pour les dossiers municipaux.

– Alors, monsieur le maire, questionna le chef Galtier qui commandait la brigade du canton, vous avez réuni les renseignements que nous vous avions demandés ?

CHAPITRE IV

– Oui, messieurs, dit Félicien Bourgeat en invitant ses visiteurs à s'installer sur les sièges cannés disposés autour de la table. Mais vous comprenez bien que ça n'a pas été facile.

– C'est pour ça que je vous ai accordé un délai de quelques jours.

– Nous nous sommes réunis avec mon adjoint et plusieurs conseillers et avons passé toute une soirée à en discuter.

Le maire s'interrompit un instant. Il paraissait mal à l'aise.

– Vous comprenez, reprit-il, que ce que vous nous avez demandé est très grave. C'est tout bonnement jeter la suspicion sur un certain nombre de nos concitoyens qui ne sont sans doute pour rien dans cette affaire…

– N'exagérons pas, monsieur le maire. Nous n'allons pas mettre inconsidérément en prison tous les gens que vous avez portés sur votre liste.

– Je l'espère bien. N'empêche que sur les quatre personnes que nous y avons fait figurer, il n'y en a tout au plus qu'une seule de coupable. Peut-être même point du tout si, comme certains conseillers le croient, l'incendiaire vient d'un village des environs. À cause de nous, ces pauvres bougres risquent d'avoir des ennuis.

Le visage du chef Galtier se rembrunit. C'était un homme d'une quarantaine d'années, assez fort, aux tempes grisonnantes. Le gendarme qui l'accompagnait était beaucoup plus jeune.

– Je vous l'ai expliqué l'autre jour, monsieur le maire. Sans vous, sans l'aide de la population, nous continuerons à piétiner pendant encore très longtemps. Le coupable est rusé, méfiant. Il n'agit qu'à coup sûr et se dilue dans la nature aussitôt qu'il a accompli son méfait. Nos rondes de nuit n'ont jamais rien donné. Nous aurons beau les multiplier, nous ne l'arrêterons pas. Il faudrait un gendarme par ferme et par hectare. Et encore, je ne suis pas sûr que nous parviendrions à mettre la main au collet du criminel. Alors, il faut bien savoir ce que vous voulez : ou nous laissons traîner les choses et, dans ce cas, toutes les semaines vous aurez un nouvel incendie à combattre, ou vous nous communiquez les noms de suspects en puissance et nous renforçons nos chances de mettre rapidement le grappin sur le salopard !

Félicien Bourgeat soupira et esquissa un haussement d'épaules fataliste.

– Vous avez raison, chef. Ça ne peut plus durer. D'autant qu'un jour ou l'autre cette histoire se terminera mal. Quelqu'un restera pris et grillera dans la fournaise. À moins qu'un innocent se fasse descendre par un fermier qui aura la gâchette un peu trop facile. Voici la liste…

CHAPITRE IV

Sans hésiter cette fois, il tendit un feuillet à son interlocuteur. Celui-ci se mit à le regarder et s'absorba durant plusieurs dizaines de secondes dans une profonde méditation.

– À ma connaissance, déclara-t-il, aucun de ces individus n'a eu de démêlés avec la justice.

– C'est exact. D'ailleurs, il y a un mois, vous avez déjà interrogé tous ceux qui ont eu des histoires. Et ça n'a rien donné. Cette fois, nous avons suivi vos conseils et examiné cas par cas les raisons qui pourraient inciter un certain nombre d'habitants de ce village à commettre ces actes criminels, soit par pure malveillance, soit par vengeance ou encore par démence.

– Voyons un peu le premier nom, s'enquit le représentant de la loi. Ce Camille Sordet. Pourquoi l'avez-vous désigné ?

Le maire baissa la tête, réfléchit un instant et dit :

– C'est un homme qui n'a jamais été très courageux et a toujours jalousé les autres. Ceux qui réussissaient mieux que lui, par leur fortune familiale ou par leur travail. Il a une petite ferme à la sortie du pays. Il travaille quand il a le temps, et on le voit plus souvent chez « Quinquin », le cafetier du village, que sur ses champs.

– Qu'est-ce qui pourrait, selon vous, monsieur le maire, inciter Sordet à mettre le feu partout ?

– Sans hésiter, je vous répondrai l'alcoolisme. Lorsqu'il a bu, il tient souvent des propos vengeurs et il aurait même proféré des menaces de mort à plusieurs reprises contre des compagnons de beuverie.

Le jeune gendarme, qui ne s'était pas mêlé jusque-là à la conversation, prenait des notes sur un carnet.

– Voilà pour le premier, fit Félicien Bourgeat. Le second se nomme Claude Lombard. Lui non plus n'est pas très commode. C'est un ancien d'Indochine. Il vit de la pension que lui sert l'État et d'un petit héritage. Sa compagne est une Vietnamienne. Une pauvre fille qu'il bat comme plâtre et qui lui a donné deux gamins qui ont aujourd'hui une dizaine d'années. Ce type est sans arrêt en rogne contre tout le monde. J'ai dû intervenir chez lui à plusieurs reprises pour des différends qu'il avait avec les voisins. Dans le fond, ce n'est pas un mauvais bougre. Plutôt un impulsif qui commettrait des malveillances pour se prouver à lui-même qu'il est encore quelqu'un. Comme au temps où il était adjudant de la Coloniale et incendiait les villages des Viêts…

Le chef Galtier esquissa une grimace.

– Plutôt mince comme accusation, fit-il. Il y a en France des milliers de types qui ont combattu en Indochine. Ce n'est pas parce que certains ont comme on dit « la tête un peu près du bonnet » qu'ils deviennent des criminels.

– Je suis entièrement de votre avis, chef. C'est la raison pour laquelle je trouve notre classement arbitraire. Durant l'Occupation, c'est d'ailleurs comme ça que quantité de gens ont été déportés ou sont morts face à un peloton d'exécution : simplement parce que leur tête ne revenait pas à ceux qui avaient la charge de les espionner pour le compte des Allemands.

– Rassurez-vous, je n'ai nullement l'intention d'arrêter des suspects sur de simples présomptions. Vos renseignements nous serviront seulement à mettre ces personnes sous surveillance. Si, comme je le crois, le coupable persévère dans ses méfaits, il commettra fatalement une erreur. Nous aurons alors beaucoup plus de chance de le démasquer.

– Le troisième nom porté sur la liste, poursuivit le maire, est celui de Pierre Charpiot. Il s'agit d'un être qui n'a jamais eu de chance dans la vie. À la mort de son père en 1985, les partages entre ses frères et lui se sont faits à son détriment. Il a hérité des moins bonnes terres. Lorsqu'on a procédé au remembrement des propriétés une dizaine d'années plus tard, il a encore été lésé. Il lui est revenu une grande parcelle située près des Goudots qui, à chaque crue, est inondée par le Doubs et la Loue. Tous ces revers de fortune l'ont beaucoup aigri. Il ne fréquente personne au village. Pas même ses frères, avec lesquels il est brouillé. Si nous avons pensé à lui, c'est précisément parce que son aîné, François Charpiot, a été l'un des premiers à subir les méfaits de l'incendiaire.

– C'est celui dont la grange a brûlé ?

– Oui. En cherchant qui pouvait lui vouloir du mal, nous avons songé à cette histoire de partage…

Le chef de la brigade de gendarmerie de Chaussin demeura perplexe.

– Si la vengeance peut se justifier dans le cas de François Charpiot, dit-il, comment expliquer les autres incendies ?

– C'est justement ce qui prouve la fragilité de notre argumentation. Nous ne savons pas pourquoi le frère lésé lors des démêlés familiaux aurait pu commettre des actes de malveillance au détriment d'autres personnes.

Galtier pencha à nouveau les yeux sur le papier.

– Et le quatrième, questionna-t-il, pourquoi figure-t-il sur la liste ?

– Jeanjean, dit le maire, c'est une autre histoire…

CHAPITRE IV

– Jeanjean ?

– Oui, c'est le surnom qu'on donne au fils d'Yvonne Mouget, la fermière de « La Rouvière ». Il s'appelle Jean mais tout le monde ici l'appelle Jeanjean. Il s'agit d'un simple d'esprit.

– Quel âge a-t-il ?

– Dans les vingt-cinq ans. Personne jusqu'ici n'a jamais eu à se plaindre de lui, mais il fait peur à bien des gens.

– Pourquoi ?

– C'est un véritable colosse. Il rôde sans arrêt dans le maquis des Goudots. Même la nuit. On l'a vu tourner autour des campings et à proximité des plages certains jours d'été. D'aucuns prétendent même qu'il entrerait dans les maisons durant la nuit pour regarder les filles…

– Obsédé sexuel ?

– Jusqu'à présent personne ne s'est plaint. Si Jeanjean est attiré par les femmes, ce qui est après tout normal étant donné son âge, il serait plutôt du genre voyeur. À mon avis, il est inoffensif.

– Alors pourquoi l'avoir mis sur la liste ?

Le maire haussa les épaules.

– Mon adjoint et les conseillers ont pensé qu'il pouvait faire un coupable… On a beaucoup dit que ces incendies devaient être l'œuvre d'un fou. Qu'ils ne s'expliquaient pas autrement que par un accès de démence. Or, Jeanjean est le seul habitant de Rabron à ne pas jouir totalement de ses facultés mentales. De là à penser qu'il peut mettre le feu ici ou là pour s'amuser…

– C'est en effet une hypothèse plausible, dit le chef Galtier. Nous allons essayer de nous faire une opinion. Toutes ces pistes n'aboutiront peut-être à rien, mais nous aurions tort de les négliger étant donné les circonstances.

Il se leva, bientôt imité par son subordonné qui avait pris la conversation en script.

– Merci pour tous ces renseignements, monsieur le maire, ajouta Galtier. Ils nous seront précieux.

Le premier magistrat du village eut un sourire mitigé en serrant la main des gendarmes.

– Une nouvelle fois, messieurs, je vous recommande d'agir avec la plus extrême circonspection dans cette affaire. Je serais navré si notre initiative attirait des ennuis à quatre de nos administrés qui sont sans doute innocents. Je vous le répète, nous les avons désignés à contrecœur. Parce qu'il fallait faire quelque chose pour sortir votre enquête de l'enlisement.

– Soyez rassuré, monsieur le maire. Vous pouvez compter sur notre tact et notre discrétion.

Lorsque la voiture de la maréchaussée retraversa la place de Rabron quelques instants plus tard, il n'était pas loin de midi. Le père Ticlet, qui achevait d'assembler les lames de son parquet, regarda passer les représentants de la loi du coin de l'œil. Mais pas plus qu'à l'aller le véhicule ne s'arrêta près des forains.

Sans doute conscient qu'il venait d'échapper à une amende, l'entrepreneur de bals héla son voisin :

– T'as vu Reguain, les gendarmes viennent de passer sans rien dire. Une chance pareille c'est pas courant. Viens, on va arroser ça. Je te paye l'apéro !

CHAPITRE V

Yvonne Mouget n'avait pas cessé de se tracasser. Malgré ses dénégations, elle continuait à se demander si Jeanjean n'était pas l'auteur des incendies. Trop de coïncidences l'accablaient et elle avait le sentiment qu'il cachait une partie de la vérité.

Ce doute, en s'ajoutant à son calvaire de mère d'enfant inadapté, la brisait un peu plus. Si elle avait fini par s'habituer, en vingt-cinq années de douloureuses et quotidiennes épreuves, à vivre auprès du demeuré, elle savait qu'elle ne parviendrait pas à surmonter ce nouveau drame.

Même dans l'affaire du portefeuille rouge, elle soupçonnait que Jeanjean lui avait menti. Avait-il pris, à son insu, un penchant pour le vol ? À cette seule pensée elle se sentait envahie par la honte. Plus elle réfléchissait à cet angoissant problème, plus son scepticisme augmentait. Elle se souvenait qu'à deux reprises, au cours des années précédentes, elle avait trouvé dans les poches de son fils des objets qui ne lui appartenaient pas. Une fois une montre, une autre fois un poudrier en argent. Pressé de questions, le simplet n'avait fourni que de vagues explications quant à la provenance des deux accessoires. Après les lui avoir confisqués, elle était allée les remettre au secrétaire de mairie pour qu'ils fussent inscrits sur le registre des objets trouvés.

À l'issue d'une longue réflexion, la veuve avait fini par décider qu'elle ne parlerait à personne de la découverte du petit portefeuille. Pas même à Louis. Lors de son prochain voyage à Chaussin, elle jetterait dans la boîte aux lettres de la poste une enveloppe adressée à Christine Bonin. L'envoi anonyme contiendrait la photographie de la jeune fille ainsi qu'un billet de cent francs à titre de dédommagement.

Durant toute la journée, en faisant la navette avec le tracteur et la benne, entre la moissonneuse-batteuse et le silo à grain, la maîtresse de « La Rouvière » ne cessa de ruminer cette histoire. Plus d'une fois, elle se demanda ce que Jeanjean pouvait bien faire par cette journée de grand soleil. Jamais elle n'avait pu savoir où il allait rôder.

CHAPITRE V

Dire que, s'il avait été un garçon normal, c'est lui qui aurait présidé au rude mais exaltant travail de la moisson ! Au lieu de cela, elle devait veiller à tout. Des labours à la récolte. Assumer des responsabilités écrasantes pour une femme. Prévoir les achats de semences et d'engrais. Décider des parcelles à emblaver, de celles où on planterait les betteraves ou le maïs. Louis l'aidait de son mieux. Il surveillait les journaliers. Mais il ne remplaçait pas le patron. Elle non plus. Bien souvent, malgré son autorité naturelle, elle avait du mal à s'imposer vis-à-vis des commis. Surtout des étrangers. Elle devinait leur ironie latente lorsque son grand bêta de fils rentrait de Dieu sait où.

En regagnant la ferme en fin de journée, Yvonne Mouget eut une surprise de taille. Une voiture était stationnée au milieu de la cour. Elle reconnut immédiatement celle de la gendarmerie de Chaussin !

C'était un soir doré comme du pain blond. Un de ces crépuscules lumineux du temps des moissons tout imprégné de l'odeur des blés mûrs. Des hirondelles criardes se pourchassaient au-dessus des toits du village. Dans le calme de l'air étouffant, on entendait le bruit des tracteurs qui rentraient des champs après une dure journée de labeur.

La mère de Jeanjean eut un brusque haut-le-corps en voyant les gendarmes. Immédiatement, elle songea aux événements qui s'étaient déroulés la veille. Elle prit peur.

Dès qu'elle eut posé pied à terre, les deux hommes en uniforme qui attendaient son retour assis sur le banc de pierre, à droite de la porte d'entrée, s'avancèrent dans sa direction.

– Madame Mouget ?…

– Oui.

– Bonsoir, madame. Ce n'est pas exactement vous que nous voudrions voir… Mais votre fils… Jean Mouget…

Elle sentit la menace, rien qu'à la façon dont l'autre venait de s'exprimer. D'abord, elle n'avait pas l'habitude d'entendre appeler son fils Jean Mouget. Tout le monde lui disait Jeanjean. Pour elle, c'est comme s'il n'avait pas grandi. Ce diminutif portait la marque de son insignifiance. Comment aurait-on pu, d'ailleurs, considérer le débile autrement que comme un enfant ?

Sa salive figée au fond de la gorge, les yeux égarés, elle resta silencieuse en face des gendarmes. Tellement prise de panique qu'elle était incapable de coordonner ses idées.

– Que lui voulez-vous ? demanda-t-elle au bout d'un moment.

CHAPITRE V

Le chef Galtier perçut très nettement le trouble qui venait de s'emparer de son interlocutrice. Il avait une grande habitude des gens. Il détectait presque toujours le mensonge lorsqu'on essayait de transgresser la vérité. Cette fois, il n'en tira aucune conclusion hâtive. Il savait qu'il fallait compter avec la peur du gendarme qui impressionne souvent, même les innocents.

– Rassurez-vous, madame, dit-il d'une voix tranquille. Nous n'avons rien contre votre fils. Nous voudrions seulement bavarder quelques instants avec lui…

Loin de la mettre en confiance, ces propos lui insufflèrent au contraire un nouveau doute. Pourquoi les représentants de la maréchaussée tenaient-ils à parler à Jeanjean en particulier ? Ils n'ignoraient sans doute pas qu'il était simple d'esprit ? Quel genre de conversation voulaient-ils avoir avec lui ? Que chercheraient-ils à lui faire dire ?

– Vous savez, expliqua-t-elle, vous feriez mieux de me demander ce que vous voulez. Mon fils est handicapé mental. Il s'exprime difficilement. Je crains d'autre part qu'il soit impressionné par votre uniforme…

Elle se demanda aussitôt si cette insistance à vouloir tenir Jeanjean en dehors de l'affaire n'allait pas accroître la suspicion que les autres pouvaient éprouver à son encontre.

Avec un calme nuancé d'une imperturbable fermeté, Galtier intervint :

– Madame, nous n'ignorons pas l'infirmité de votre fils. C'est néanmoins avec lui que nous désirons avoir un entretien. Soyez rassurée d'ailleurs, nous lui parlerons avec tous les égards, tous les ménagements nécessaires, compte tenu de son état, pour qu'il ne soit pas effrayé.

Yvonne Mouget comprit qu'il était vain d'essayer de les dissuader. Masquant son inquiétude sous un sourire forcé, elle les précéda vers la cuisine et dit :

– Il n'est pas encore rentré. Mais il ne va pas tarder. En attendant, messieurs, vous prendrez bien un rafraîchissement ?

Ils ne se firent pas prier pour la suivre et pénétrèrent dans la cuisine ombreuse où Félicie, la servante, s'affairait à préparer le repas du soir.

– Sers un verre de bière à ces messieurs, ordonna la patronne à la vieille fille.

Pendant ce temps, pour se donner une contenance, et tandis que les deux gendarmes s'installaient sur le banc, devant la table, la maîtresse de « La Rouvière » se lavait les mains sur l'évier.

CHAPITRE V

– Votre fils ne travaille pas aux champs avec vous ? questionna Galtier après avoir bu la moitié de son verre.

– Hélas ! non. Il est trop instable pour ce genre d'activité.

– Vous n'avez jamais songé à le placer pendant quelque temps dans un centre de rééducation ?

Cette question-là, on l'avait souvent posée à Yvonne Mauget. Tantôt par bienveillance, tantôt par méchanceté. Son fils, ce colosse aux bras inutiles, indisposait les gens par son inactivité. À la campagne, l'oisiveté est toujours mal jugée. Beaucoup ne comprenaient pas pourquoi elle n'avait pas « dressé » son fils au travail de la terre. Après tout, il n'était pas nécessaire de sortir de Polytechnique pour conduire un tracteur ou piocher les betteraves. Jeanjean aurait pu faire aisément cette besogne.

La patronne de « La Rouvière » n'avait jamais voulu entendre parler de cette solution consistant à placer son fils dans une maison spécialisée où on aurait pu lui inculquer certaines règles essentielles comme la vie en société et l'intéresser à une activité manuelle. Farouchement, elle avait voulu garder Jeanjean auprès d'elle. Ne pas l'exposer à la promiscuité des autres débiles. Elle avait tenu à assumer toute seule la lourde charge de son éducation, pensant que la longue patience de son amour maternel compenserait largement tout ce que d'autres auraient pu lui apprendre grâce à un enseignement spécialisé. Aujourd'hui, si son fils était capable de s'exprimer d'une manière à peu près cohérente, c'est à sa seule persévérance qu'il le devait. Qui d'autre qu'elle aurait eu le courage d'entreprendre cette tâche qui semblait perdue d'avance ? De passer des heures et des heures à lui répéter avec douceur le nom des choses et des êtres. À faire entrer mot après mot tout un vocabulaire dans sa fragile cervelle ?

La question du gendarme ne la prit donc pas de court. Elle répondit simplement :

– Voyez-vous, monsieur, je n'ai que ce fils. C'est déjà pour moi un assez grand malheur de le voir vivre dans cet état. Aussi longtemps que je serai de ce monde, il restera auprès de moi…

Il y avait tant de douloureuse dignité dans ces propos que Galtier n'insista pas. Il préféra changer de conversation. Ils se mirent à parler de la persistance des beaux jours et du rendement exceptionnel des moissons.

Ils achevaient leur second verre de bière lorsque la silhouette immense de Jeanjean s'encadra dans la porte de la cuisine. Il avait les cheveux pleins d'herbes sèches et des traces de mûres écrasées autour des lèvres. Les deux gendarmes qui ne le connaissaient pas furent impressionnés par sa taille.

En les voyant, le débile comprit d'instinct que c'est à lui qu'ils en voulaient. Ses petits yeux bridés se plissèrent et il regarda du côté de sa mère, comme s'il recherchait déjà sa protection.

– Monsieur Mouget… commença le chef Galtier.

– Vous pouvez l'appeler Jeanjean et le tutoyer, dit la fermière. Il comprendra mieux.

Très embarrassé, l'autre demeura un instant silencieux, cherchant comment il devait aborder le délicat problème qu'il avait à résoudre.

– Madame, dit-il à l'issue de sa brève réflexion, je voudrais parler seul à seul avec votre fils… Auriez-vous l'obligeance de sortir un instant, ainsi que madame ?

Du menton, il désigna la servante qui achevait de mettre le couvert.

– Mais, monsieur… Je… Je vous ai dit que Jeanjean… Que mon fils était handicapé… Il vaudrait mieux que je sois présente…

Inflexible, le représentant de la loi secoua la tête.

– Non madame. Je tiens à avoir une conversation en privé avec votre fils.

Les petits yeux du débile allaient de l'un à l'autre dans une dramatique interrogation, comme ceux d'un animal affolé qui flaire le piège où il va tomber. Il restait planté, les bras ballants au milieu de la pièce, le dos légèrement voûté. Par l'échancrure de sa chemise à carreaux, on voyait le creux de ses seins tout herbu de poils noirs frisés.

Yvonne Mouget se retourna vers la vieille bonne.

– Viens, Félicie…

Elle fit un pas vers la porte. Elle était devenue tout à coup aussi pâle qu'une morte et son menton maigre s'était mis à trembler comme si elle allait pleurer. La servante obtempéra à son tour et, sans comprendre ce qui se passait, suivit sa maîtresse vers la sortie en essuyant ses mains humides dans son tablier.

En voyant partir les deux femmes, le simplet fut littéralement pris de panique. Il se retourna d'un bloc et esquissa un mouvement de fuite. Galtier, qui avait prévu le coup, l'agrippa au passage par la manche.

– Non, toi, tu restes ici !

Terrorisé, le pauvre diable ne bougea pas. Quelques instants plus tard, il se laissa docilement conduire par la main lorsque le gendarme le fit asseoir sur une chaise, dans le fond de la cuisine.

CHAPITRE V

– Alors Jeanjean ?... Tu t'es bien promené aujourd'hui ?...

Le débile regarda son interlocuteur de ses yeux de bête traquée, mais ne répondit rien.

– Où as-tu été ?

L'effroi se lisait toujours sur les traits du malheureux garçon, lui imposait un silence paralysant. Il regardait désespérément du côté de la porte par où sa mère venait de sortir. On y apercevait une partie de la cour que l'ombre crépusculaire envahissait peu à peu. Dans la cuisine aussi il commençait à faire sombre. La veilleuse de la cuisinière à gaz propane sur laquelle mijotait une grande casserole en fonte projetait une lumière bleue dans la pièce.

La voix de Galtier, restée jusque-là très doucereuse, se durcit brusquement :

– Tu sais Jeanjean, tu vas me répondre ! Autrement, nous allons t'emmener avec nous à la brigade !

La fermeté du ton et aussi le terme « brigade » que le débile n'avait jamais entendu prononcer eurent pour effet magique de rompre son mutisme.

– Moi pas vouloir... murmura-t-il, tandis que de grosses larmes noyaient ses yeux.

– Alors dis-moi, où tu étais cet après-midi ?

Jeanjean ravala bruyamment sa salive et sa langue s'embrouilla :

– Aux Gou…

La réponse étant inintelligible, Galtier insista :

– Où ?

– Aux Goudots.

– Ah bon ! Et qu'est-ce que tu y fais aux Goudots ?

– M'amuse.

– Tu t'amuses à quoi ?

– M'amuse.

Comprenant qu'étant donné la modestie du vocabulaire de son interlocuteur il n'y avait pas grand-chose d'autre à en apprendre sur ce sujet, le gendarme attaqua sur un autre front.

– Et la nuit Jeanjean ? Qu'est-ce que tu fais la nuit ?

Des petites rides fusèrent au coin des yeux plissés du simplet attestant que sa vigilance venait d'être mise brusquement en éveil. À nouveau, il se replia dans un silence prudent.

– Tu as entendu ma question ? Qu'est-ce que tu fais la nuit ?

Le ton redevenant impératif, le débile se décida à répondre.

– Jeanjean il dort…

– Tu ne te relèves jamais pour aller te promener ?

CHAPITRE V

Le débile eut une brève hésitation puis secoua énergiquement la tête. L'autre comprit qu'il était plus malin qu'il n'en avait l'air. La partie ne serait pas facile.

– Pourtant, insista le chef, on m'a dit qu'on t'avait vu dans les champs, la nuit dernière ?...

Le simplet continua de secouer la tête.

Le gendarme prit sa grosse voix.

– Si tu dis des mensonges, Jeanjean, nous allons t'emmener à la brigade !

À nouveau, une lueur de frayeur traversa le regard du simple d'esprit. Il semblait terrorisé à l'idée qu'on pourrait l'arracher à son univers. Il fixa désespérément la porte comme s'il espérait le retour de sa mère. Mais celle-ci s'était éloignée vers la basse-cour en compagnie de Félicie.

– Alors ? Tu es sorti la nuit dernière ?

Cette fois, il hocha affirmativement la tête et dit dans un souffle.

– Oui...

– À la bonne heure ! Tu deviens raisonnable ! Tu vois, c'est facile de dire la vérité !

Galtier affectait un air de bonhomie qu'il avait bien du mal à conserver. En fait, il était mal à l'aise et ne savait pas quelle attitude il devait adopter avec ce colosse qui aurait pu, sans doute, l'assommer d'une seule chiquenaude et qu'il traitait comme un enfant.

– Et qu'est-ce que tu faisais dans les champs la nuit dernière, Jeanjean ?

Sous les cheveux hirsutes, dont les mèches rebelles ressemblaient à des reptiles entrelacés, le front du débile se plissa. Pendant un instant, il s'interrogea visiblement pour savoir ce qu'il devait répondre. Il se décida enfin.

– Jeanjean pas dans les champs, dit-il.

– Où étais-tu ?

– À La Sablonne…

Le chef de la brigade de Chaussin connaissait bien ce coin des Goudots. C'était l'endroit où demeurait une vieille connaissance. Maurice Bonin, braconnier notoire auquel les gendarmes portaient régulièrement des assignations à comparaître devant le Tribunal d'instance de Dole à la suite de délits de pêche ou de chasse. Depuis quelque temps, ils y effectuaient aussi de fréquentes visites car on racontait dans la région que la fille Bonin se livrait à la prostitution au profit de son père. Jusque-là, c'est une accusation qu'il n'avait pu prouver bien qu'ils eussent trouvé à plusieurs reprises de nombreux jeunes gens au domicile du braco.

– Et que faisais-tu la nuit dernière à La Sablonne, Jeanjean ?

– Rien…

CHAPITRE V

À nouveau, le débile semblait réticent, comme s'il renâclait à en dire plus. Brusquement, une idée germa dans l'esprit de Galtier. Et s'il faisait fausse route ? Et si le secret que le simplet simulait était d'une autre nature que celui qu'il cherchait à lui faire avouer ?

Il regarda l'infirme avec d'autres yeux. Il découvrit un gaillard au corps athlétique, grand, souple, de torse et de membres bien modelés. Un visage inexpressif mais pas désagréable avec sa bouche large et sensuelle, ses narines dilatées, son regard peureux de solitaire qui ajoutait encore à son charme.

Pourquoi Jeanjean, par sa mâle et rustique beauté, n'aurait-il pas suscité l'intérêt de cette petite garce de Christine Bonin ? Pourquoi ne l'attirerait-elle pas certaines nuits à La Sablonne ? À moins que le jeune débile ne fût tout simplement intéressé par le spectacle des bacchanales nocturnes qui se déroulaient dans la maison du braconnier ? Le maire de Rabron n'avait-il pas dit que le fils Mouget était plutôt du genre voyeur ? Ça pouvait expliquer à la fois ses promenades au clair de lune et aussi l'embarras qu'il avait décelé chez sa mère. Celle-ci connaissait sans doute les penchants de son rejeton et n'en était pas très fière…

– Tu vas reluquer les filles dans leur lit ! Hein ? Mon grand coquin ! s'exclama le chef d'un ton jovial en donnant une tape amicale sur l'épaule de Jeanjean.

Surpris par cette diversion à laquelle il n'avait pas songé, l'autre gendarme releva la tête de dessus son calepin où il ne cessait de prendre des notes. Intrigué, il regarda Galtier. Quant au simplet, il ne broncha pas. Le chef de brigade prit ce silence pour un acquiescement. Dans le fond, il préférait ça. Il aimait mieux que le débile découche pour aller assister aux ébats amoureux de Christine Bonin plutôt que de craquer des allumettes au pied des meules de paille.

Il s'avisa tout à coup qu'il était fort possible qu'au cours de ses déplacements nocturnes le débile ait rencontré le véritable incendiaire ? Revenant à son premier propos, dans l'espoir d'obtenir peut-être un renseignement intéressant, il questionna :

– Et les feux, Jeanjean ? Tu les as vus les feux ?

– Oui…

– Tu sais qui les allume ?

– Oui.

Les deux gendarmes se lancèrent un regard significatif. Heureux les simples d'esprit ! Alors que leur enquête piétinait depuis deux mois, ils allaient apprendre la vérité de la bouche de cet innocent !

– Qui c'est, Jeanjean ?

– Un homme…

– Tu l'as vu ?

– Oui.

– Comment s'appelle-t-il ? C'est quelqu'un du pays ?

– Sais pas…

– Quand l'as-tu vu ?

– Hier.

– Que faisait-il ?

– Le feu… Le feu dans le blé…

– Et tu ne l'as pas reconnu ?

– Non.

– Pourquoi ?

– Trop loin… Faisait noir… S'est sauvé…

Galtier haussa les épaules et soupira. De dépit. Il comprit qu'il était vain d'insister. Qu'il n'en tirerait rien de plus.

– Partons, dit-il à son subordonné. Je crois que nous avons fait fausse route. Ce n'est pas lui le coupable. J'en ai la conviction.

Quand ils sortirent quelques instants plus tard, Yvonne Mouget se précipita vers eux. Ils virent qu'elle avait pleuré et semblait encore plus affolée. Le chef la rassura en quelques mots :

– Nous partons, madame. Voyez, ça n'a pas été très long…

– Mais…

– Permettez-moi de vous donner un conseil. Il vaudrait mieux que vous ne laissiez pas votre fils sortir la nuit. Il faudra surveiller aussi ses fréquentations.

Elle regarda son interlocuteur d'un air égaré.

– Je ne comprends pas.

– Disons qu'il vaudrait mieux que Jeanjean n'aille pas trop rôder autour de La Sablonne. Ce n'est pas un endroit très recommandable…

Ces propos lui causèrent une telle surprise qu'elle en resta bouche bée au milieu de la cour et oublia de répondre au salut d'adieu des deux gendarmes lorsqu'ils quittèrent « La Rouvière » à bord de leur voiture.

CHAPITRE VI

La nuit était lourde et moite, semblable à toutes celles qui venaient de se succéder depuis près de deux mois. La lune, qui s'était levée tard, commençait à préciser sa rondeur au-dessus des bois de Villers-Robert. Par moments, la brise nocturne charriait une bouffée de cette vapeur d'eau évanescente qui stagne en permanence, durant l'été, à la surface des étangs. Cette brume légère et impalpable, en traversant le ciel sablé d'étoiles, semblait animer les constellations familières, comme le courant de la Loue fait danser les reflets lumineux du soleil sur les gravières.

Étendu sur le dos, la peau collée aux draps par la sueur, Jeanjean contemplait ce spectacle… Il n'avait pas fermé l'œil depuis qu'il s'était couché vers onze heures du soir. Les yeux grands ouverts, il regardait les lucioles tremblotantes du ciel par la fenêtre ouverte de sa chambre. Il écoutait aussi les bruits inhabituels qui ne cessaient d'étirer leurs sonorités dans le silence et la touffeur de la nuit estivale.

Là-bas, au centre du village, la fête patronale battait son plein. Depuis le milieu de l'après-midi, l'orchestre n'avait guère cessé de jouer. Valses, paso dobles et tangos s'étaient succédé sans relâche pour la plus grande joie des habitants de Rabron et de leurs nombreux invités. Après chaque danse, on entendait crépiter les applaudissements et les hourras de la foule fêtant les musiciens experts en rythmes champêtres.

Ce n'est pas cette rumeur insolite qui tenait le débile éveillé, mais le fait de ne pouvoir se joindre à la population en liesse. Or, Jeanjean ne pouvait pas bouger de sa chambre. Il y était enfermé à double tour.

La fête... Il n'y avait jamais participé. Même au temps de sa petite enfance. Sa mère ne l'y avait pas conduit car elle craignait toujours qu'il ne fût la risée des autres gosses. Il avait fallu qu'il se mît à découcher pour oser se rapprocher, à la faveur des ténèbres, de cette aire lumineuse qui attirait les habitants du village comme un fanal exerce sa force d'attraction sur les papillons de nuit. Jeanjean avait observé ce spectacle de loin, sans comprendre. Il avait vu les couples entrer et sortir du bal, regardé tourner la grande roue de la loterie, monter et descendre les chevaux de bois, entendu claquer les coups de carabine du tir forain. En s'enhardissant, il s'était même rapproché du dancing et, en collant son œil par l'interstice d'un panneau, il avait assisté aux évolutions des danseurs sur la piste.

La fête ne l'avait pas beaucoup impressionné. À cet univers lumineux et bruyant, il préférait cent fois mieux la grande paix de la campagne endormie sous la lune, les longues randonnées à travers les pâtis ou les éteules.

Si ce spectacle lui manquait aujourd'hui, s'il enrageait de ne pouvoir aller rôder autour de la place où se tenaient les baraques foraines, c'est pour une raison toute simple : Christine Bonin s'y trouvait. Depuis des semaines, elle était son unique pôle d'attraction. Jour après jour, souvent nuit après nuit, il épiait les allées et venues de la jeune fille autour de la maison de La Sablonne. C'était devenu une obsession permanente. Il passait des heures et des heures à monter la garde à proximité de la masure du braconnier. Il ne s'en était pourtant jamais approché à moins de quatre-vingts mètres. Même pas depuis qu'il avait apprivoisé le petit fox teigneux des Bonin. Son instinct l'incitait à rester sous le couvert du bosquet où il avait établi son poste d'observation. Ainsi, il ne risquerait pas de recevoir le coup de fusil dont le père de Christine l'avait souvent menacé quand il devinait sa présence sur les lieux de ses pêches ou de ses chasses prohibées.

Malgré le danger qu'il courait en permanence lorsqu'il entrait dans le no man's land entourant la masure du braco, Jeanjean s'y sentait attiré comme par un aimant. Depuis le début du mois de juin, il n'avait qu'une seule idée en tête : voir Christine ! Même de loin. Même fugitivement. Quand elle sortait de la maison pour vaquer à ses occupations, quand il l'entendait chanter ou lorsqu'il la voyait par la fenêtre, son cœur se mettait à battre très fort dans sa poitrine. Il se sentait récompensé de ses longues heures de veille et d'attente.

Ce dimanche après-midi, alors qu'il était allongé comme de coutume à la lisière du taillis qui bordait La Sablonne, le débile avait vu arriver un motocycliste. Sans arrêter le moteur de sa machine, le garçon botté de cuir et portant les cheveux longs sur les épaules avait appelé Christine. Celle-ci était sortie, vêtue comme de coutume de son jean aux couleurs délavées et d'un corsage blanc à pois rouges. Elle avait grimpé prestement sur le tan-sad de la moto et ils étaient partis à toute allure par le chemin poussiéreux qui conduisait à Rabron. Jeanjean avait compris immédiatement que le jeune couple se rendait à la fête patronale.

Maussade, le simplet avait regagné la ferme familiale. Le sentiment de sa solitude, de sa médiocrité s'était appesanti sur lui comme un couvercle. Il avait eu un instant la tentation de se rendre lui aussi sur la place pour essayer d'y revoir celle qu'il aimait. Mais sa timidité native lui avait interdit de mettre ce projet à exécution. Il était resté assis sous un hangar, à remâcher son amertume, en faisant pour la première fois de sa vie la découverte de la jalousie et de son corollaire naturel, la haine.

Ces deux sentiments, il continuait de les éprouver ce soir-là, tandis que s'égrenaient interminablement les notes aigrelettes de l'accordéon. Son cerveau maladif n'arrêtait pas de tourner en rond, de broyer les mêmes pensées comme la meule inutile d'un moulin abandonné. Que faisait Christine ? Pourquoi était-elle partie avec ce garçon ? Un désir étrange le tourmentait. Celui de serrer la jeune fille entre ses bras. De la couvrir de baisers de la tête aux pieds. Mais en même temps que cette pensée informulée effleurait son esprit, l'image de son rival s'interposait pour masquer cette esquisse du bonheur.

Ce garçon mince aux longs cheveux bibliques, au regard un peu bravache, il connaissait son nom. Il s'appelait Jacky Aubry et il était le fils cadet d'un fermier du village. Comme tous les jeunes, il aimait parader sur sa moto japonaise, sur les routes de la région, en faisant ronfler son moteur. Il y avait presque toujours une fille sur son siège arrière. Rien d'étonnant à ce que Christine eût été attirée elle aussi par ce chevalier des temps modernes.

Depuis le milieu de l'après-midi, Jeanjean ressassait une sourde animosité contre Jacky Aubry. Il sentait la haine grandir en lui comme une plante vénéneuse. L'idée de s'attaquer à son rival, de lui faire du mal s'imposait de plus en plus à son esprit au point qu'il en oubliait l'objet de sa passion et que les traits de Christine s'estompaient de sa mémoire.

Mais le débile n'avait pas la possibilité de matérialiser ce projet de vengeance. Il était prisonnier dans sa chambre. La veille, en montant se coucher, sa mère avait tourné de l'extérieur la clef dans sa serrure. Cette impitoyable attitude remontait au soir de la visite des gendarmes à « La Rouvière ». Après leur départ, la veuve avait tenu à son fils des propos sévères :

CHAPITRE VI

– Pourquoi vas-tu rôder autour de la maison des Bonin ? Cette fille t'attire chez elle ?

Comme Jeanjean avait préféré conserver un silence prudent, Yvonne Mouget s'était emportée :

– Je t'interdis de retourner là-bas ! Tu m'entends bien ? Quant à sortir la nuit, il n'en sera plus question ! À partir de ce soir, je te bouclerai dans ta chambre !

Le simplet avait compris que les choses se gâtaient. Qu'il valait mieux continuer à se taire. Ce n'était pas le moment de parler de Christine. Le courant de sympathie ne passait décidément pas entre sa mère et la jeune fille.

Yvonne Mouget avait bien soupçonné la vérité. Jeanjean était amoureux. Follement amoureux de la fille du braconnier. Dans son esprit fruste ce sentiment avait atteint une telle intensité qu'il éclipsait toutes ses autres aspirations. Il ne vivait que par et pour Christine. C'est l'envie de la revoir, surtout celle d'éloigner d'elle son cavalier motorisé qui le tenait en éveil cette nuit et lui faisait ronger son frein.

Ses nerfs étaient en proie à une telle exacerbation qu'il finit par se lever. Il n'avait que son slip sur le corps et était tout en sueur. Machinalement, il essaya de manœuvrer le pêne de la porte. En vain. Il était enfermé dans sa chambre.

S'il avait voulu, il aurait pu faire sauter la serrure d'un coup d'épaule, mais la crainte de la colère maternelle l'empêcha d'accomplir ce geste. Il vint s'accouder à la fenêtre. Son regard se porta aussitôt en direction de la place. Une sorte d'aura lumineuse flottait au-dessus des toits du village. C'étaient les lampions du bal. Quant à la musique, elle continuait de s'épanouir dans le silence de la nuit d'été, dominant le concert familier des grillons.

Jeanjean demeura pendant plusieurs minutes immobile, tous les sens tendus vers un seul objectif : rejoindre la fête ! Lentement, dans son esprit, un plan s'élaborait. Penché au-dessus du vide, il évaluait la hauteur qui le séparait de la cour. Au moins six mètres. Il ne savait pas calculer mais il voyait bien que c'était haut. Un être normal eût hésité à sauter car le risque de se briser les os était grand. Lui, décida de le faire.

Il revint vers le lit. En hâte, il enfila son pantalon, passa sa chemise sur son torse d'athlète. L'instant d'après, il monta sur le rebord de la fenêtre, puis il se laissa glisser à l'extérieur, la face contre le mur. Du bout de ses orteils nus, il chercha à trouver une aspérité où il pût prendre assise.

Pendant plusieurs dizaines de secondes, il resta ainsi, les doigts agrippés à l'appui de la fenêtre, les pieds tâtonnant contre la muraille. Il ne trouva ni saillie ni interstice. La peur de tomber le prit. Il s'énerva brusquement, chercha à remonter vers la fenêtre. Il tenta un premier rétablissement, puis un second. En vain. Les forces lui manquaient. Une attirance irrésistible l'entraînait vers le bas. Il soufflait comme un bœuf. La fatigue finit par avoir raison de sa volonté. Il lâcha prise. Il tomba à la verticale, raclant le mur abrupt avec les ongles, dans une chute qui lui parut durer une éternité. Il se reçut durement au pied de la maison. À la douleur cuisante qu'il ressentit aux mains, il comprit qu'il avait dû s'arracher la peau.

Le débile ne s'attarda pas longtemps dans la cour de la ferme. « La Rouvière » était une énorme bâtisse dont les origines remontaient au XVe siècle, à une époque où on se préservait contre les exactions des brigands. C'est pour cela qu'elle était flanquée de deux tours carrées ceinte de grands murs. Jeanjean contourna ceux-ci et se retrouva dans le parc planté de chênes, de marronniers qui séparait la propriété des autres maisons.

Quelques instants plus tard, il escalada une première clôture. Plus loin, ce fut sous une haie qu'il se glissa, puis à travers les éboulis d'un vieux mur. Il avançait dans l'ombre avec une précision étonnante. Il connaissait parfaitement cet itinéraire pour l'avoir souvent emprunté.

Il arriva ainsi sans encombre à proximité du centre du village. Juste derrière le café du « Quinquin ». On donnait ce surnom au propriétaire de l'unique débit du pays. Il le tenait de son père Théodore Minguet, qui avait combattu en 39-45 aux côtés d'une unité américaine et racontait à longueur de journée ses souvenirs d'armes avec les « Quinquins ». À sa mort, le sobriquet était resté à son fils.

Le bistrot regorgeait de consommateurs tant à l'intérieur qu'à la terrasse où on avait dressé de longues tables posées sur des tréteaux. Entre deux danses, beaucoup de clients sortaient du bal pour prendre un peu l'air. Cela ne contrariait pas les affaires de la buvette installée en bordure de la piste sous la tente. La fournaise de l'atmosphère y était telle que les gens assoiffés liquidaient canette sur canette.

Jeanjean contourna la flaque de lumière stagnant devant le café et se glissa derrière le bal en passant entre la baraque de la loterie et celle du marchand de nougat. Il dut faire un effort sur lui-même pour arriver jusque-là. Il n'aimait ni le bruit ni la foule. Heureusement, l'endroit était ombreux à souhait. Il ne risquait pas d'y être reconnu.

CHAPITRE VI

Collant son œil entre les planches, il glissa un regard à l'intérieur. Il ne vit pas grand-chose. Que des gens lui tournant le dos.

Le débile comprit très vite que, dans ces conditions, il ne parviendrait pas à repérer les personnes qu'il recherchait. Il s'efforça donc de trouver un autre moyen pour observer ce qui se passait dans le bal. Il finit par le découvrir. En un endroit, le camion qui avait servi à transporter le matériel était adossé à la baraque. Il y grimpa. De la plate-forme du véhicule, par l'ouverture pratiquée dans la bâche servant de toiture au bal, il put enfin voir ce qui se passait à l'intérieur.

Parmi la multitude des couples, il repéra rapidement la silhouette de Christine et celle de son cavalier. Ils dansaient, étroitement enlacés, corps contre corps, au rythme d'un tango. Jean-jean ne les quitta pas des yeux, même lorsqu'ils vinrent s'adosser contre la barrière entourant la piste. Jacky Aubry embrassa la jeune fille dans le cou ; celle-ci lui rendit son baiser.

À ce spectacle, le débile poussa un sourd grognement, tandis que ses énormes poings étreignaient les ridelles du camion. Si, à cet instant, le béguin de son idole se fût trouvé à sa portée, il l'aurait étranglé sans nul doute avec la même facilité qu'il tordait le cou des poules de la basse-cour lorsque Félicie voulait en accommoder une pour le repas dominical.

Pendant près d'une demi-heure, il assista, muet et impuissant, aux évolutions du couple sur la piste. Il vit les jeunes gens échanger caresses et baisers. Il ne les quitta pas un seul instant des yeux, n'attachant aucune importance aux autres danseurs ni au comportement des musiciens déchaînés qui exécutaient des pantomimes sur l'estrade.

Une amère saveur de haine se répandait peu à peu dans la bouche de Jeanjean. Une folie destructrice le possédait. Il était tendu, raidi, comme une véritable bête de proie prête à bondir dans une détente sournoise et dangereuse.

Soudain, tout son être tressaillit. Le couple se dirigeait vers la sortie. Christine et son compagnon allaient quitter le bal.

Malgré l'impatience qu'il éprouvait et la hâte de se lancer à leur poursuite, il laissa passer plusieurs dizaines de secondes avant de descendre de son observatoire. Il finit par sauter en bas du camion et se meurtrit durement un orteil en tombant sur ses pieds nus. Cet incident ne retarda pas son mouvement.

Les amoureux allaient-ils repartir tout de suite sur la moto du garçon ? Cette idée traversa l'esprit de Jeanjean. Il pressa le pas pour essayer de les rattraper avant qu'ils ne quittent la place.

Sa crainte n'était pas fondée. Jacky Aubry et Christine Bonin ne partaient pas définitivement de la fête. Comme beaucoup de couples, ils étaient sortis pour prendre l'air et se sentir un peu plus seuls dans la nuit.

De loin, le simple d'esprit repéra les silhouettes enlacées des deux amants qui remontaient le petit chemin derrière la cure. Il se lança aussitôt à leurs trousses.

En quelques bonds souples, sans quitter une lisière d'ombre qui partageait le sentier en deux, il se retrouva presque sur leurs talons. Il les entendit roucouler. Ils continuaient à s'embrasser tout en marchant, en essayant maladroitement d'accorder le rythme de leurs pas.

Au bout du chemin, à soixante mètres de la place environ, il y avait un pré dont la clôture n'était pas fermée. Les deux jeunes gens pénétrèrent à l'intérieur de ce parc ceint de haies vives. Ils semblaient connaître parfaitement l'endroit. Peut-être y étaient-ils déjà venus deux ou trois heures plus tôt pour le même motif ?

À cet instant, à l'intérieur du bal, l'orchestre s'arrêta de jouer. Les musiciens observaient une courte pause pour se désaltérer, ce qui permit aux danseurs de prendre d'assaut la buvette.

Jeanjean s'avança prudemment. En se penchant il vit que le couple s'était allongé sur l'herbe. Il découvrait très bien la scène que la lune éclairait de sa lueur d'eau grise. Christine avait dégrafé son corsage et Jacky la caressait. Il les entendait chuchoter, rire.

Le débile fit encore quelques pas. La colère grondait en lui. Il en oubliait toute prudence. Il n'était plus qu'à quatre mètres d'eux. Soudain, une brindille craqua sèchement sous ses pieds. Un vieux réflexe de rôdeur nocturne l'immobilisa aussitôt.

La jeune fille pressentit la première une présence hostile. Elle se redressa vivement sur son séant et murmura d'une voix étouffée :

– Jacky, il y a quelqu'un derrière le buisson !…

Le garçon avait sans doute entendu lui aussi le bruit. Mais il était du genre un peu fanfaron. Pour prouver qu'il n'avait pas peur, il plaisanta :

– Tu rêves, c'est le vent…

Intentionnellement, Jeanjean bougea une branche. Il voulait attirer son rival près de la haie, l'éloigner de l'endroit où se trouvait Christine. L'autre se laissa prendre au piège. Il se leva à son tour, fit deux pas en direction du buisson. Il repéra presque aussitôt Jeanjean, mais sans l'identifier car celui-ci était toujours dans l'ombre.

CHAPITRE VI

– Qu'est-ce que vous faites ici ? questionna-t-il d'un ton mal assuré.

Pour toute réponse, son interlocuteur émit un glapissement suraigu qui eût glacé le sang d'un plus courageux. Effrayé, Jacky Aubry fit volte-face et chercha à fuir. Mais Jeanjean plus agile l'avait déjà saisi de ses grands bras simiesques. Il se mit à cogner son adversaire en silence, avec une application de bûcheron. La jalousie et la haine l'avaient transformé en bête sauvage à figure humaine. Tout son être était plein de fureur, de rage, de folie. Il ne cherchait qu'à se venger, à faire mal.

La malheureuse victime se mit à pousser des cris de détresse.

– Au secours ! Au secours !…

L'autre continua de frapper, de marteler son rival à la face et sur tout le corps. C'était comme un jeu cruel et sans pitié. Jacky Aubry fut bientôt à terre, hoquetant de douleur. Son antagoniste ne lui laissa pas de répit. Il se laissa tomber sur lui, le bloqua entre ses fortes cuisses tout en lui serrant la gorge de ses grosses mains d'étrangleur.

Le corps du supplicié commença à s'amollir. Ce ne fut bientôt plus qu'un râle qui s'exhala de sa poitrine.

À cet instant, Christine se mit à crier. Jusque-là, elle était demeurée silencieuse, figée par la peur à deux pas des deux hommes.

En entendant son hurlement de frayeur, la brute suspendit ses coups, desserra son étreinte. Il se redressa et regarda la silhouette de la jeune fille qui se découpait avec netteté sur le fond plus clair du ciel où les étoiles continuaient de scintiller. Confus et lourd, il hésita, décontenancé, en se dandinant sur place tandis que ses grands bras inutiles retombaient de chaque côté de son corps.

Christine criait toujours, d'une voix aiguë comme si on l'écorchait vive. Il fit lentement un pas, puis un second dans sa direction.

– Pas peur, dit-il… Moi pas méchant… Pas faire mal… Pas faire mal à toi…

Mais plus il avançait, plus la jeune fille reculait. Loin de la rassurer, la voix rauque sortie de l'ombre et surtout la silhouette monstrueuse la terrifiaient. Ses cris augmentaient d'intensité, devenaient si stridents qu'ils résonnaient douloureusement dans les oreilles du débile. Il n'avait jamais aimé les bruits trop perçants, ça lui donnait des maux de tête.

Derrière lui, il entendit soudain des piétinements, des voix confuses. Alertés par les hurlements de Christine, des danseurs accouraient à son secours.

Jeanjean lança ses grands bras en direction de la fille. Il voulait surtout la faire taire. Elle lui échappa de justesse et se mit à courir dans le pré ondoyé de rosée. Il se jeta aussitôt à sa poursuite, sachant qu'elle ne pourrait pas franchir la clôture qui entourait le parc.

Il la rattrapa bien avant. Il la prit par les épaules, l'attira contre sa poitrine. Elle cria une nouvelle fois en se débattant avec l'énergie du désespoir. Il sentit ses ongles labourer ses joues. Sa vue et son esprit se brouillèrent. À nouveau, la colère s'enfla en lui comme un volcan qui se réveille. Véritable bête fauve, il se mit à gronder. La douleur cuisante déchaîna à nouveau ses instincts sauvages. Oubliant brusquement qu'il tenait entre ses bras le seul être qui eût été capable de le dompter, il recommença à frapper.

Du revers de la main, il appliqua sur la nuque de la jeune fille un coup foudroyant. De la même manière qu'il assommait les lapins. Elle émit une plainte brève. Son corps encore lourd de vie se détendit dans ses bras…

CHAPITRE VII

CONSCIENT QU'IL VENAIT de commettre un acte très grave en frappant celle qu'il aimait, Jeanjean demeura plusieurs dizaines de secondes immobile au milieu de la pâture. Il restait complètement hébété. Il tenait Christine serrée contre sa poitrine. Il était si grand que les pieds de la jeune fille ne touchaient pas le sol et qu'entre ses bras son corps ressemblait à celui d'une poupée désarticulée.

Une large brèche s'était ouverte dans l'âme du débile par où s'échappait un flot de détresse. Le monde fragile qu'il avait édifié venait de s'écrouler. Il avait détruit de ses propres mains tout ce qui donnait un sens à sa vie depuis deux mois. L'enchaînement des événements le frappait de stupeur. Il était repris par cette espèce d'engourdissement intellectuel qui le saisissait en face de chaque difficulté de l'existence. Une impuissance qui le rendait totalement dépendant des autres et, en le privant de réaction, le rendait aussi vulnérable qu'un enfant.

Sa silhouette se détachait avec netteté au milieu du pré. Elle était si aisément repérable que ceux qui arrivaient par le petit chemin de la cure la découvrirent immédiatement.

– Il est là-bas !… Il porte la fille !…

Des ombres apparurent à la limite du parc, à une centaine de mètres environ. Prudents, les premiers s'arrêtèrent près de la barrière. Ils attendirent d'être assez nombreux avant de s'avancer vers l'agresseur qu'ils ne pouvaient pas encore identifier mais dont l'imposante stature les impressionnait.

Ils furent cinq ou six à s'élancer. Jeanjean les vit quitter la zone d'ombre de la haie et se diriger vers lui en courant. Son instinct l'avertit aussitôt du danger. Il comprit que les choses se gâtaient. Bientôt, les types lui tomberaient sur le dos pour lui demander des comptes.

Il décida de fuir. C'est la tactique qu'il avait toujours adoptée jusque-là. Au moment de mettre ce projet à exécution, il eut cependant une brève hésitation. Devait-il abandonner Christine ? La laisser choir sur l'herbe humide de rosée pour ne pas être retardé dans sa fuite ?

CHAPITRE VII

La tendresse qu'il éprouvait pour elle fut plus forte que la prudence. Il chargea le corps inanimé de la jeune fille sur son épaule et se mit à courir.

Les autres s'étaient rapprochés dangereusement. Il entendit leurs cris :

– Il se sauve !... Arrête-le, Patrick !...

Cette recommandation devait s'adresser au plus rapide des poursuivants, lequel distançait nettement ses compagnons. Jeanjean comprit qu'il fallait faire vite s'il ne voulait pas être rejoint. Il démarra comme un bolide et, tête baissée, partit en direction du fond du parc. Il connaissait l'endroit où une chicane était installée dans la clôture. Un passage étroit par où les bovins ne pouvaient se glisser mais qui permettait au propriétaire du pré d'accéder à un petit chemin bordant une parcelle de terres remembrées.

Bien qu'il n'eût jamais pratiqué aucun sport, Jeanjean était taillé en force. Ses grandes jambes lui assuraient un développement et une rapidité incomparables. Il conserva aisément son avance sur son poursuivant le plus dangereux. Il courait par bonds, comme un grand singe, en jetant de temps en temps un regard derrière lui. Sous la lune, sa silhouette avait quelque chose de monstrueux et faisait penser à celle d'un monstrueux anthropoïde se sauvant avec sa proie.

En arrivant près de la chicane, il ralentit un peu son allure. Derrière lui, les autres pensèrent qu'ils allaient le coincer contre la clôture ; ainsi, Jeanjean ne pourrait pas leur échapper. C'est alors que le débile fit un geste incroyable. Il prit le corps de sa victime à bout de bras, le brandit au-dessus de sa tête comme un trophée puis se coula dans l'étroit passage, sans encombre, avec une rapidité étonnante.

Ceux qui donnaient la chasse arrivèrent à leur tour près de la clôture. Ignorant l'existence de la chicane, ils s'arrêtèrent, complètement désorientés devant les fils de fer barbelés. Le temps de repérer eux aussi le passage, il était trop tard. Le débile avait déjà repris sa course de l'autre côté du parc. Ils l'invectivèrent en comprenant qu'ils venaient de perdre la partie.

Jeanjean ne chercha pas à narguer ses adversaires. En poussant encore son allure, il s'enfonça plus avant dans le Finage en empruntant l'étroit chemin qui longeait la clôture. Tournant le dos au village, il s'éloigna résolument des habitations en direction de la plaine.

Il allait vers les Goudots. Vers le maquis de buissons, d'eaux vives, de mares et d'ajoncs dont il avait fait son domaine. Il savait bien que là-bas personne ne pourrait jamais le retrouver.

Il courut très longtemps, en portant son frêle fardeau de chair inerte sur l'épaule. Il contourna d'autres pâtures, foula des champs de regain, traversa de longues étendues de chaumes. Il avait l'habitude de marcher pieds nus, c'est pourquoi il ne ressentait pas les aiguilles de la paille ni les échardes des chardons.

Bientôt il se retrouva au cœur de son royaume. Il sentit l'impénétrable solitude du maquis des Goudots se refermer sur lui. Il cessa de courir. Ici, il était à l'abri de tout danger. Nul ne pourrait le débusquer dans ce dédale de sentiers étouffés par les ronces, de buissons épais comme la jungle.

Dans la pénombre, tout en reprenant son souffle, il se glissa, avec l'instinct des grands félins, vers une anse du Doubs. L'endroit était sauvage, inaccessible pour qui ne connaissait pas les lieux. D'ordinaire il y passait des journées entières à rêvasser, en regardant l'eau jouer avec les reflets du soleil sur la gravière, en écoutant la brise égrener sa musique tendre sur les hampes blondes des roseaux. En suivant le vol léger des longues libellules bleu saphir qui tournaient inlassablement au-dessus du bassin.

Là, au pied d'un vieux saule argenté formant parasol, à l'abri des trochées, des pieds géants de rhubarbe sauvage, il avait amassé de l'herbe sèche et de la mousse. Il disputait parfois ce lit douillet à une longue couleuvre jaune et verte qu'il avait fini par apprivoiser, avec laquelle il tenait des conciliabules intraduisibles en claquant la langue et en raclant doucement sa gorge.

C'est sur ce lit rustique qu'il déposa sa victime, avec une attention toute maternelle. Il s'installa à son chevet en s'asseyant sur une racine noueuse.

Il resta longtemps immobile et silencieux, à regarder dormir la jeune fille. Elle était d'une extrême pâleur, avec le nez pincé, de grands cernes sous les yeux. Son corps était lové dans un abandon attendrissant. Par son corsage dégrafé, on découvrait sa gorge et l'un de ses seins au galbe parfait.

Jeanjean contemplait avec un émerveillement passionné cette nudité féminine, la blancheur de cette peau nacrée toute nimbée par la lumière nocturne.

Il lutta pendant un long instant contre le désir de se pencher vers elle et de la caresser. À plusieurs reprises, ses grosses mains maladroites s'avancèrent près de la tête aux cheveux blonds épars, hésitèrent au-dessus de la poitrine offerte, puis revinrent, penaudes, inutiles, se poser sur les racines du vieux saule.

Dans l'esprit du débile, les événements n'avaient pas encore eu le temps de se décanter. Il était toujours traumatisé par ce qui venait de se passer. Un profond sentiment de culpabilité pesait sur sa conscience. Il se sentait malheureux d'avoir frappé Christine. Il ne savait pas très bien si elle était endormie ou si elle était morte. Il appréhendait l'instant où elle se réveillerait et avait peur qu'en l'effleurant d'une simple caresse elle ne sortît de son étrange torpeur pour lui reprocher son attitude. Il préférait la regarder, inconsciente et exsangue, allongée sur son lit de mousse. Ainsi, elle n'appartenait qu'à lui et il pouvait se repaître à satiété de sa beauté. Il savait que lorsque la jeune fille se réveillerait le beau rêve serait fini. Son fragile univers basculerait à nouveau dans l'incohérence et l'incompréhension.

Cependant, le temps continuait de s'écouler. Seulement troublé par le bavardage discret de l'eau vive, par le brusque élan d'un brochet en chasse ou la plainte d'un vanneau dérangé dans son sommeil. Déjà, comme des fleurs oubliées, les étoiles commençaient à se faner. Des embus de brume se levaient au-dessus de la rivière. Une fraîcheur de fin de nuit succédait à la touffeur des heures précédentes. Le matin allait bientôt naître et rendre vie à la faune endormie du delta des Goudots.

Soudain, dans le silence de la petite crique où Jeanjean veillait celle qu'il aimait, un soupir qui ressemblait à une plainte s'éleva. Le débile sursauta. Christine venait de pousser ce gémissement. L'air frais l'aidait à sortir de sa torpeur.

Effrayé par ce qui allait suivre, le simplet se dressa, prêt à s'enfuir en direction des buissons voisins. Mais la jeune fille ne se réveilla pas immédiatement. Il resta debout, indécis, partagé entre le désir de disparaître et celui d'affronter la colère de son idole.

Le jour nouveau venait de trancher soudain dans le ciel sombre et d'y ouvrir une large blessure d'un rouge vif. Rapidement, la marée de lumière de l'aube nouvelle envahit le ciel. Tous les arbres, tous les buissons s'emplirent de cris d'oiseaux.

Les paupières de Christine tressaillirent d'abord imperceptiblement. Elle entrouvrit les yeux puis les referma aussitôt. Ses joues commencèrent à rosir. Elle fit un effort pour se redresser, mais une douleur à la nuque lui arracha une nouvelle plainte et provoqua une grimace sur ses traits. L'instant d'après, elle regardait Jeanjean, d'abord avec incrédulité puis peu à peu avec une frayeur croissante.

– Bobo… Christine ?…

La jeune fille garda un silence prudent. Elle devait rassembler ses idées, tenter de reconstituer les événements qui s'étaient déroulés précédemment. Mais ses yeux reflétaient une terreur sans borne. Le débile en fut plus surpris, sinon plus gêné que s'il s'agissait de reproches.

– Christine pas peur, dit-il dans son langage primitif. Jeanjean pas méchant…

Encore choquée par le coup qu'elle avait reçu, la fille du « Maurice des Goudots », comme on l'appelait familièrement, refaisait lentement surface. Elle réalisa enfin à qui elle avait à faire. Non sans grimacer à nouveau, elle se mit sur son séant et, en portant sa main à sa nuque, demanda :

– Qu'est-ce que tu m'as fait ?

Une brusque panique envahit le simplet. L'instant qu'il redoutait tant était arrivé. À présent, il fallait rendre des comptes. Il s'en tira en bégayant une réponse inaudible :

– Jeanjean… ien… fait…

Dans l'esprit de Christine, les souvenirs devaient s'assembler lentement les uns avec les autres comme les pièces éparses d'un puzzle. La peur qu'elle avait éprouvée en se réveillant à la vue du colosse s'estompait peu à peu. Elle connaissait depuis longtemps le débile et savait qu'il était effectivement plus bête que méchant.

– Et Jacky ? Où est-il ?

Le rappel de son rival ne fut pas du goût de Jeanjean qui sentit renaître toute l'animosité qu'il avait éprouvée pour le jeune homme.

– Jacky poum ! Poum ! gronda-t-il en faisant le simulacre d'assener ses énormes poings sur un adversaire invisible.

En entendant ces paroles dont le réalisme était accentué par les gestes, Christine se sentit à nouveau gagnée par la frayeur. Non plus pour elle cette fois, mais pour son amant. Elle se leva, pâle et crispée, se mit à chanceler, prise d'un étrange et douloureux vertige. Elle finit par recouvrer son équilibre, fit un pas, puis deux en direction du simplet.

– Pourquoi as-tu fait ça ? Hein ? Pourquoi ? demanda-t-elle d'une voix aiguë.

En face de cette question directe, le débile chercha d'abord une échappatoire mais il n'en trouva pas. La jeune fille était tout près de lui à présent. Elle n'avait pas rajusté son corsage. Il voyait ses seins nus, ses longs cheveux dénoués qui retombaient en vagues sur ses épaules. Il sentait l'odeur âcre et composite de son corps. C'était le parfum même de la vie. Il se sentit empreint d'un désir diffus. Un flot montant de tendresse déferla en lui comme l'eau du bief vers la roue du moulin. Sans la flamme vive qui le traversa à cet instant, il n'eût jamais osé accomplir le geste qu'un instinct ancestral lui dicta. Il attira brusquement son idole contre lui et posa sa bouche sur son épaule dénudée, embrassant sa peau satinée avec une sauvage avidité.

Elle fut tellement surprise par cet assaut qu'elle ne broncha pas tout d'abord. Il prit cette absence de réaction pour un consentement et s'enhardit à chercher ses lèvres pour les écraser sous les siennes.

Elle poussa un tel cri de répulsion qu'il sursauta et s'arrêta net. Il la lâcha aussitôt, se recula d'un pas, sans comprendre. Il resta hébété, les bras ballants, le regard absent, comme un aveugle aux yeux ouverts, dans une attitude qu'il adoptait toujours lorsqu'un événement qu'il ne pouvait résoudre se présentait à lui.

Christine, déchaînée, s'était mise à glapir :

– Salaud ! C'est donc à cause de ça ? C'est parce que tu me voulais que tu as assommé Jacky ?

Elle paraissait ivre de colère suffocante, les yeux emplis d'éclairs comme ceux d'une chatte qui défend ses petits.

– Et tu t'imaginais peut-être que j'allais me laisser faire ? Non, mais tu me prends pour qui, gros porc ? Tu ne t'es pas regardé ? Si tu veux plaire aux filles, il faut d'abord apprendre à parler. Pour l'instant, avec la gueule que tu as, même les chèvres de la mère Picard ne voudraient pas de toi !

Elle ricanait méchamment. Et cette gourgandine, qui avait traîné avec tous les mauvais garçons du canton, prenait des airs de grande dame offusquée pour fustiger et se moquer du pauvre diable. Toute la verdeur, toute la grossièreté de son éducation s'épanchait dans ses propos qui cinglaient Jeanjean comme les lanières d'un fouet.

À présent, il baissait la tête, incapable d'affronter le regard courroucé de son idole. Il sentait monter en lui un malaise étrange, l'amertume de la faute que l'on sait irréparable. À nouveau le monde sombrait dans le chaos. Quelque chose s'en allait de lui, laissant un grand vide. Du vide et du froid. Il était comme un enfant qui a brisé son jouet préféré, comme un croyant qui a, sans le vouloir, profané l'image de son Dieu.

En le voyant penaud, réduit à merci, la petite garce voulut parfaire son numéro :

– Mais tu ne t'en tireras pas comme ça, mon gros sac ! Si tu t'imagines que je vais te laisser rosser tous les gars qui tourneront autour de moi, tu te trompes ! Il va falloir payer ! Je vais aller raconter cette histoire à ta mère. On verra bien ce qu'elle en pensera !

À la lueur de panique qui passa à cet instant dans le regard de Jeanjean, Christine Bonin comprit qu'elle avait fait mouche. La douleur qu'elle ressentait à la nuque, souvenir cuisant des événements qui s'étaient déroulés quelques heures plus tôt, ne l'incitait pas à la clémence. Elle sut qu'elle tenait sa vengeance. Elle en rajouta :

– Oui, mon vieux, je vais aller tout raconter à ta mère ! Pour qu'elle te fasse enfermer ! Tu es mûr pour Saint-Ylie !

D'un seul coup, des larmes de détresse jaillirent des paupières du débile. Il se mit à implorer :

– Pas maman, Christine !… Pas maman !…

– Si, j'irai la voir ! Et tu as de la chance que je n'aime pas les gendarmes, autrement c'est à eux que je me plaindrais !

L'angoisse aveugle de Jeanjean se transforma brusquement en panique. À l'idée que sa mère allait savoir ce qu'il avait fait, il se sentit terrorisé. Une sueur froide inonda son corps. Ses pensées vacillèrent. Soudain il n'eut plus qu'une idée en tête : faire taire celle qui l'accablait.

Ses grosses mains maladroites se tendirent en avant, dans un geste brutal. Il chercha à saisir la jeune fille, comme il l'avait fait dans le pré lorsqu'elle s'était mise à crier. Ce fut surtout son regard qui effraya Christine. Des yeux égarés, déments qui l'évaluaient sans ciller.

Elle prit peur à nouveau et se recula vivement de deux pas. Elle comprit qu'elle avait été trop loin. Son ascendant sur le débile n'était pas aussi grand qu'elle l'imaginait. Il allait lui faire du mal. Il était capable de l'étrangler pour l'empêcher de parler. Pour qu'elle ne dise rien à sa mère.

Affolée, elle regarda autour d'elle. Elle ne vit que la rivière qui continuait de miroiter sur les bancs de gravier blanc. Que la végétation vigoureuse qui étouffait la berge et formait un rideau difficilement franchissable. Elle ne connaissait pas cet endroit mais devinait qu'il était situé au cœur du maquis des Goudots. Elle pouvait se mettre à crier, nul n'entendrait ses appels de détresse. Il était également inutile qu'elle cherchât à s'enfuir. Son agresseur la rattraperait en quelques secondes.

Ce sentiment de totale impuissance en face du danger décupla son instinct de conservation. Elle décida d'user d'une autre tactique pour s'en sortir. Changeant brusquement de ton, d'une voix adoucie dont elle s'efforça de tempérer l'angoisse, elle dit :

– C'était pour rire, Jeanjean... Je ne dirai rien à ta mère...

Mais le raisonnement du débile était beaucoup plus lent que ses mouvements. Il n'arrêta pas aussitôt son geste. Ses mains énormes venaient de saisir le cou de la jeune fille. Elle comprit qu'elle était perdue. Il allait serrer... serrer...

– Je t'aime, Jeanjean ! hurla-t-elle. Je t'aime !...

Il la regarda, d'un air surpris, comme s'il s'efforçait de comprendre les raisons de son brusque revirement à son égard. Cette brève hésitation sauva la vie de Christine. Il réalisa brusquement ce qu'il était en train de faire. Alors, il laissa retomber ses battoirs le long de son corps. Il devint à la fois tout penaud et très malheureux, décontenancé par son audace, sa violence.

Ce fut elle qui lui dicta sa conduite. Elle le fit avec beaucoup de douceur en s'efforçant de réprimer le sentiment de terreur et de répulsion qu'elle éprouvait pour lui...

– À présent, il faut rentrer chez toi, Jeanjean, dit-elle d'une voix lente et persuasive. Je ne dirai rien à ta mère... Mais il ne faudra plus recommencer ce que tu as fait... C'est promis ?...

Comme il se taisait et fuyait son regard, elle eut peur qu'il ne fût repris par ses instincts meurtriers. Qu'il ne ruminât à nouveau un mauvais coup. C'est la raison pour laquelle elle insista :

– C'est promis, Jeanjean ?… Tu ne recommenceras plus ?…

Lui eût-elle, à cet instant, demandé de se jeter à l'eau qu'il eût plongé la tête la première dans la rivière bien qu'il ne sût pas nager. Il était prêt à faire et à dire tout ce qu'elle voulait puisqu'elle lui parlait sur ce ton.

– Jeanjean ne recommencera plus, répéta-t-il docilement.

– Bon, alors, à présent, tu vas rentrer chez toi…

– Oui, Christine…

Il parut hésiter encore un instant, se dandina d'une manière grotesque, puis pivota sur les talons et, en grandes enjambées, s'enfonça dans l'épaisseur de la végétation luxuriante qui enserrait les rives du Doubs.

Dès qu'il eut disparu sous le couvert du hallier, Christine s'effondra littéralement sur la couche de mousse et d'herbe sèche qui avait failli devenir son lit de mort. Les nerfs brisés par l'émotion, elle se mit à pleurer.

CHAPITRE VIII

C'EST LOUIS QUI LE DÉCOUVRIT le premier en sortant dans la cour, vers cinq heures du matin. Il était assis devant la porte de la cuisine, la tête basse, les coudes sur les genoux, la joue droite balafrée par les ongles de Christine.

– Où as-tu encore été rôder cette nuit ? demanda-t-il.

Le simplet ne répondit pas à cette question. Il resta prostré sur le seuil de la maison, le front obstinément baissé. Le domestique n'insista pas. Il avait l'habitude de ce mutisme du débile. Il s'éloigna en haussant les épaules, d'un air fataliste. Il se dirigea vers l'une des tours carrées qui flanquaient les bâtiments de « La Rouvière ». En cet endroit logeaient les ouvriers espagnols que la patronne embauchait au moment des moissons.

Une nouvelle journée d'été torride s'annonçait. Le soleil qui s'était levé dans un ciel délayé de chaux commençait à flamber au-dessus du Finage. Il dissipait rapidement les brumes légères stagnant sur les rivières et les étangs.

Quelques minutes après le passage de Louis, Jeanjean entendit sonner un réveille-matin à l'intérieur de la maison. C'était celui de sa mère. Elle ne tarderait pas à paraître dans la cour pour tracer à ses gens le travail du jour. Déjà, de l'autre côté du bâtiment, Félicie se levait à son tour. Il l'entendit qui faisait claquer ses volets contre la façade.

Le débile éprouva un malaise indicible en écoutant ces bruits familiers. Il comprit qu'il devrait affronter l'ire maternelle. Il en fut contrarié à l'avance. Il eut même la tentation de retourner d'où il venait, d'aller s'étendre sur son lit champêtre en bordure du Doubs. Ce n'est pas qu'il craignait sa mère, mais il lui vouait à sa façon une grande tendresse. Il éprouvait du remords chaque fois qu'il lui faisait de la peine, même s'il ne manifestait pas toujours clairement ce sentiment. Il savait qu'elle allait être à nouveau fort mécontente.

Il décida néanmoins de rester. Après les événements qui venaient de s'y dérouler, le maquis des Goudots lui faisait horreur. Cet endroit serait désormais pour lui synonyme de désillusion et de désespoir. Il se demandait même s'il aurait le courage d'y retourner. Une immense lassitude l'avait gagné. Plus morale que physique. Il était à nouveau au fond d'un trou noir, accablé par une détresse infinie, privé de tout ressort, incapable d'aucune initiative. Christine l'avait repoussé, bafoué, s'était cruellement moquée de lui. Il savait qu'elle ne l'aimait pas. Il valait mieux renoncer à la revoir. Le rêve merveilleux qui avait illuminé sa vie depuis deux mois venait de s'effacer. Il ne lui restait de cette aventure qu'une grande amertume. Jamais la face du monde ne lui avait semblé aussi sombre.

La porte contre laquelle il s'adossait s'ouvrit quelques instants plus tard. Yvonne Mouget parut, vêtue d'une salopette bleue, un bandeau gris sur les cheveux. Elle marqua aussitôt une profonde surprise en voyant son fils.

– Mais ?... Qu'est-ce que tu fais ici ?... Par où es-tu sorti ?...

Le débile ne releva pas la tête. Il garda un silence lourd de culpabilité. La fermière comprit qu'elle n'en tirerait pas grand-chose. Elle interpella Louis qui revenait vers la maison.

– Je n'y comprends rien, dit-elle. Je l'avais enfermé dans sa chambre hier soir. Et je le retrouve dehors ?... Comment a-t-il fait ?...

Le vieux commis sourit d'un air malicieux.

– Pardi ! Il a sauté par la fenêtre !

La veuve parut sidérée par cette réponse. Elle se pencha vers Jeanjean toujours aussi taciturne. Elle le secoua par l'épaule.

– C'est vrai ? Tu as sauté par la fenêtre ?

Sans rompre son mutisme, le simplet hocha affirmativement la tête.

Yvonne Mouget porta ses poings contre ses tempes grises.

– Dire que je croyais lui faire perdre la manie de sortir la nuit !... Il me rendra folle !...

Elle fixa à nouveau son fils, plus navrée que courroucée.

– Et où as-tu été ?

Butor obstiné, Jeanjean ne répondit rien.

– Tu es retourné voir cette fille ?

Le vieux Louis fut stupéfait en entendant ces propos.

– Qu'est-ce que vous dites, patronne ? Il a une bonne amie ?

Pour lui aussi le débile était resté un enfant. Bien qu'il eût grandi, qu'il le dépassât de plus d'une tête, c'était comme s'il avait encore cinq ans. Il lui parlait avec le même langage un peu bêtifiant. Malgré elle, Yvonne Mouget ne put s'empêcher de rougir.

– Je crois qu'il s'est amouraché de la Bonin, dit-elle en baissant la voix.

– Ça alors !... fit le commis. Je n'en reviens pas...

– Je suis sûre que c'est elle qui l'attire, reprit la maîtresse de « La Rouvière ». C'est une fille sans scrupule, sans moralité.

– Pour ça, il paraît qu'il s'en passe de drôles à La Sablonne, dit Louis avec un petit sourire entendu.

À l'idée que Jeanjean pouvait être mêlé aux séances de débauche dont on parlait à travers tout le pays des Trois Rivières, Yvonne Mouget sentit la colère succéder à la honte. À deux mains cette fois, elle se mit à secouer les épaules de son fils.

– Je ne veux plus que tu retournes là-bas ! Tu m'entends ? Je ne veux plus que tu revoies cette fille !

Elle s'était accroupie pour être à sa hauteur. Elle lui souleva rudement le menton pour le regarder en face. Elle vit qu'il avait un visage pâle, décomposé, des traits tirés, sur lesquels les griffures de Christine ajoutaient encore une note tragique.

Ce qui la frappa le plus, ce fut l'expression de son regard. Il ne reflétait plus l'innocence, mais seulement une tristesse immense. Une sorte de désespérance comme celle des êtres qui ont atteint le fond d'un gouffre d'où ils n'ont plus la force de remonter. Il ne pleurait pas. Il semblait poursuivre au-delà des choses un rêve désormais aboli.

Elle fut bouleversée de le voir ainsi. Elle comprit intuitivement qu'il était très malheureux. Il aimait Christine Bonin. Il lui vouait une passion absolue, animale, comme celle qui lie un chien fidèle à son maître. Sans doute avait-il essayé de l'approcher pour lui prouver cet amour et elle l'avait repoussé. Jusqu'où était-il allé dans la manifestation de cette passion ? C'est une chose qu'elle ne pourrait pas apprendre de la bouche de son fils. Elle aurait beau dépenser des trésors de tendresse, faire appel à toutes les ressources de la dialectique particulière qu'elle avait inventée pour communiquer avec lui, elle ne parviendrait pas à éclaircir les problèmes indéchiffrables qui assombrissaient le fond de ses yeux. Elle fut consciente de son impuissance.

Jusque-là, elle avait toujours su apaiser ses peines car elles ressortissaient plus à celles de l'enfance que de l'âge adulte. Aujourd'hui, Jeanjean éprouvait un chagrin d'homme. Un chagrin causé par une femme.

Elle était si peu préparée à cette épreuve qu'elle n'arrivait pas à y croire. Jamais elle n'avait pu imaginer que son fils aurait pu se trouver confronté à un tel tourment.

Yvonne Mouget comprit qu'il était vain d'essayer de le raisonner et de le consoler. Bien qu'elle éprouvât pour la première fois de sa vie une certaine déception, sinon un peu de jalousie à la pensée qu'une autre femme pouvait lui disputer l'affection du jeune homme, elle décida que ce ne serait pas avec lui qu'elle aurait une explication. La source du mal était à La Sablonne. C'est là-bas qu'il fallait régler le problème. Malgré l'aversion qu'elle éprouvait vis-à-vis de la jeune fille, elle se rendrait auprès d'elle le plus tôt possible ; ainsi, elle saurait ce qui s'était passé.

La gorge serrée par l'appréhension de la nouvelle épreuve qu'elle allait devoir supporter, la maîtresse de « La Rouvière » se releva, caressant au passage la chevelure broussailleuse de son fils.

– Viens Jeanjean, dit-elle d'une voix douce et résignée, nous allons prendre le petit déjeuner.

Puis, tournée vers Louis qui était resté silencieux, elle ajouta :

– Dis aux ouvriers de venir aussi. Nous discuterons du travail en mangeant.

Elle rentra dans la cuisine, bientôt suivie par le débile à nouveau soumis et docile, son regard ne reflétait plus qu'une grande indifférence, comme s'il était devenu étranger à son propre drame.

Vers la fin de la matinée seulement, la fermière de « La Rouvière » se libéra de ses travaux champêtres pour effectuer la démarche qui la préoccupait depuis le retour de Jeanjean.

Elle se rendit à La Sablonne sans avertir personne de sa destination. Elle avait seulement confié son fils à Félicie en recommandant à la vieille fille de l'empêcher de sortir jusqu'à son retour en l'occupant à de menues tâches domestiques. Le débile ne manifestait d'ailleurs aucun désir de s'absenter. Il s'était assis près de la grande cheminée de pierre, sur un escabeau. C'était l'endroit où il passait le plus clair de son temps l'hiver. Comme à la mauvaise saison, il y resta prostré, le visage fermé, exclu de la réalité, n'attachant aucune importance à ce qui se passait autour de lui.

La Sablonne était un lieu-dit situé à une cinquantaine de mètres des berges du Doubs. L'été, lorsque le niveau de la rivière s'abaissait, il mettait au jour de grands bancs de sable où les habitants de la région venaient puiser l'un des matériaux de base nécessaires à leurs travaux de construction.

CHAPITRE VIII

L'habitation des Bonin était une bâtisse modeste, toute en longueur, coiffée de tuiles rouges, avec un pignon habillé de lierre. Sur le côté se dressait une tonnelle à l'ombre de laquelle le braconnier ravaudait ses tramails et ses carrelets prohibés durant les chaudes journées d'été.

Le toit de la maison était plutôt fatigué et un appentis avait grand besoin de réparation. Mais ce qui attirait surtout le regard, c'était les traces d'humidité zébrant la façade. Il s'agissait des marques que les crues successives de la rivière avaient laissées sur le crépi. Chacune d'entre elles rappelait une catastrophe. Ici, presque tous les ans au printemps, le Doubs, au nom pourtant si paisible, se transformait en bête furieuse et malfaisante. En quelques heures, dans une partie du Finage c'était la désolation. Le Doubs débordait, se répandait sur des hectares et des hectares de terre, emportant tout sur son passage. Les Bonin étaient parmi les premiers à subir les conséquences de la crue. L'eau commençait par arriver d'abord au ras de leur seuil. Si les pluies cessaient, si en montagne le « radoux » s'atténuait, les habitants de La Sablonne en étaient quitte pour la peur. Par contre, lorsque les conditions climatiques s'aggravaient dans le haut Jura, alors le drame se déclenchait. Le niveau de l'eau montait dans la cuisine avec une vitesse effrayante. Les Bonin se hâtaient d'entasser leurs maigres biens sur une carriole et fuyaient vers Rabron en pataugeant jusqu'à mi-cuisses. Pendant plusieurs jours, ils attendaient la décrue, couchant dans une grange ou dans la salle des pompes que le maire mettait à leur disposition. Enfin, lorsque le Doubs avait regagné son lit, les malheureux rentraient chez eux et constataient l'ampleur des dégâts. Toutes les pièces de la maison étaient envahies par le limon. L'humidité suintait partout.

Même les étés les plus chauds ne parvenaient pas à assécher la bâtisse dont le salpêtre couvrait en permanence la base des murs.

Pour l'heure, la maison de La Sablonne était plutôt accueillante avec sa tonnelle, son lierre grimpant, son toit où roucoulaient des tourterelles grises. Mais cet air hospitalier n'était qu'apparent. Le petit fox du braconnier ne tarda pas à rappeler à la visiteuse qu'on ne pénétrait pas aussi facilement dans ce domaine. Il se mit à aboyer rageusement à son approche.

– Là ! Là ! gentil… dit-elle pour le calmer, tout en appuyant son vélomoteur contre le mur.

CHAPITRE VIII

La masure semblait inhabitée, bien que la porte fût ouverte. Elle hésita à entrer et préféra appeler :

– Mademoiselle Bonin !…

Personne ne répondant, elle fit quelques pas en direction du seuil. À l'intérieur, tout semblait sombre et contrastait avec la vive lumière qui inondait la cour. Le chien aboyait un peu moins fort et tournait en rond autour de la fermière. Sur le toit, les couples de tourterelles s'étaient envolés en direction d'une oseraie qui marquait la limite des Goudots.

Déçue de trouver la maison vide, la patronne de « La Rouvière » fut sur le point de repartir. Comme elle s'apprêtait à tourner les talons, elle entendit soudain remuer à l'intérieur. Une silhouette ne tarda pas à s'encadrer dans la porte.

C'était Christine. La jeune fille venait manifestement de se lever. Elle avait encore les yeux bouffis de sommeil, le visage chiffonné, les cheveux emmêlés. Elle avait enfilé rapidement son jean et jeté simplement son corsage sur ses épaules. Avec une impudeur totale, elle montrait ses seins arrogants aux larges fleurs brunes.

Bien qu'elle ne fût pas à son avantage après une nuit d'insomnie, sous la lumière crue du soleil de juillet, elle n'avait rien perdu de sa beauté sauvage. C'était une créature fascinante dont le corps lourd de sensualité évoquait la passion, les ardents plaisirs de l'amour charnel. Le genre de fille qui attire le regard des hommes.

En voyant la visiteuse, Christine Bonin manifesta une certaine surprise. Elle connaissait Yvonne Mouget et fit aussitôt un rapprochement entre son arrivée et les événements de la nuit précédente.

Ce fut la maîtresse de « La Rouvière » qui entama le dialogue.

– Mademoiselle… commença-t-elle d'un ton où transparaissait une gêne indicible, je suis venue vous demander un service…

– Ah ! ouais… fit l'autre ironiquement en bâillant sans aucune retenue.

– Je voudrais que vous laissiez mon fils tranquille, poursuivit la veuve. Vous savez que c'est un malade… Qu'il ne jouit pas de toutes ses facultés mentales…

Stupéfaite par ces paroles, Christine Bonin regarda son interlocutrice d'un air incrédule. En voyant arriver Yvonne Mouget, elle ne s'attendait pas à subir ses reproches. Elle croyait au contraire qu'elle venait lui présenter des excuses pour ce qui s était passé la nuit précédente et la prier de ne pas déposer plainte à la gendarmerie.

CHAPITRE VIII

– Je ne sais pas ce que vous avez fait à ce malheureux garçon, continua la mère… Vous l'avez littéralement ensorcelé…

Les mains plantées sur les hanches, le corsage toujours outrageusement ouvert sur une poitrine altière, la jeune fille s'exclama :

– Ça alors, c'est la meilleure ! Qu'est-ce que vous racontez ? Que j'attire votre crétin ?

Le terme cinglant que Christine venait d'employer fit mal à Yvonne Mouget. Elle n'avait jamais aimé qu'on insulte son fils. Son visage se crispa légèrement mais elle maîtrisa sa réprobation.

– Parfaitement mademoiselle ! Vous détournez mon fils ! Vous lui mettez en tête des idées qu'il ne devrait pas avoir ! Libre à vous d'aguicher les hommes… Mais avec lui, je vous demande à l'avenir d'être correcte !

La fille du braconnier ricana :

– Non, mais ça ne va pas ? Décidément, dans votre famille, vous êtes tous plus cinglés les uns que les autres !

– Je vous prie de rester polie, petite garce ! Je ne suis pas du tout disposée à me laisser insulter par une roulure de votre espèce !

Ce fut au tour de Christine Bonin de changer de visage. Son sourire disparut complètement, ses yeux se mirent à lancer des éclairs.

– Ma vieille, si vous le prenez sur ce ton-là, je pourrais vite vous en faire rabattre ! Et avant peu ! Bien que ce ne soit pas du tout mon genre, il suffira que j'aille raconter à la gendarmerie ce que votre toqué m'a fait la nuit dernière ! Je suis sûre qu'on l'enfermera illico presto à Saint-Ylie !

La maîtresse de « La Rouvière » ne put s'empêcher de pâlir en entendant cette menace. Elle réalisa soudain qu'elle ne devait pas tout savoir dans cette affaire. Qu'elle avait eu tort d'entamer le dialogue en accusatrice. D'une voix subitement radoucie et inquiète, elle questionna :

– Qu'a-t-il fait ?

– Bien sûr, il ne s'en est pas vanté ?…

– Non…

– Eh bien, sachez qu'il s'en est pris d'abord à mon fiancé. À Jacky Aubry. Il l'a assommé à coups de poing. Il a failli l'étrangler.

– Jeanjean a fait ça ? Mais où cela s'est-il passé ?

– La nuit dernière, à la sortie du bal.

– Je n'arrive pas à le croire…

– Vous n'aurez qu'à interroger les gens du pays. Ils sont au moins une dizaine à avoir vu votre abruti me frapper et m'emmener. Ils se sont lancés à sa poursuite et ils ont voulu l'arrêter. Malheureusement pour moi ils n'ont pas pu le rattraper…

CHAPITRE VIII

Bouleversée par ces révélations, Yvonne Mouget demanda :

– Mais pourquoi a-t-il fait cela ?

Christine Bonin haussa les épaules.

– C'est plutôt à vous qu'il faudrait le demander ! Pour ma part, je le connaissais à peine. Je ne lui avais jamais adressé la parole. D'ailleurs au pays, il ne parle à personne. Tous les gens ont peur de lui.

Complètement catastrophée, la maîtresse de « La Rouvière » secoua la tête.

– Je n'y comprends rien… Absolument rien…

– D'après mon père, il y a longtemps qu'il devait nous espionner. Il a surpris plusieurs fois votre fils alors qu'il rôdait dans les parages. Il cassait ses pièges, il crevait ses nasses. Mon père m'a répété à son sujet : on n'aurait pas dû le laisser traîner comme ça. Tôt ou tard, il lui arriverait des histoires.

– Jeanjean n'a pourtant jamais fait de mal à personne !

– C'est vous qui le dites ! Allez donc demander à mon fiancé ce qu'il en pense après les coups qu'il a reçus cette nuit !

Yvonne Mouget ne comprenait toujours pas.

– Avant qu'il ne vous agresse, Jeanjean s'était disputé avec votre fiancé ?

– Pas du tout ! Jacky ne le connaissait pas plus que moi. Ce cinglé devait nous guetter à la sortie du bal. Il nous a suivis dans l'allée de la cure et il nous est tombé dessus sans crier gare ! Si nous n'avions pas appelé au secours, il aurait certainement étranglé Jacky. Quant à moi, il m'a assommée et emportée sur ses épaules.

La fermière ne mettait plus en doute les paroles de son interlocutrice. Son accent de sincérité était trop évident. Les proportions prises par cette affaire plongeaient la mère du débile dans l'épouvante. Elle se rendait compte à quel point Jeanjean avait dépassé les bornes et redoutait les conséquences que cette agression insensée allait avoir sur la suite de sa destinée…

– Mais pourquoi vous a-t-il emmenée ?

Christine Bonin eut un sourire équivoque.

– Quand un garçon assomme une fille et l'entraîne au milieu des Goudots, ses intentions sont faciles à deviner…

À nouveau, le rouge de la honte empourpra le visage de la veuve. Elle posa une question ambiguë :

– Il vous a ?…

Christine Bonin gloussa d'un air un peu crapuleux.

– Non, il ne m'a pas violée… Remarquez que ce n'est certainement pas l'envie qui lui a manqué… Mais je crois qu'il avait le béguin pour moi… C'est à cause de ça qu'il n'a pas osé me toucher…

Yvonne Mouget ne put s'empêcher de pousser un soupir en entendant ces paroles. Sur ce point-là au moins l'affaire était moins grave qu'elle ne le redoutait.

– Et Jacky Aubry ? demanda-t-elle, comment va-t-il ?

– Je l'ai revu ce matin. Il a un œil au beurre noir et des bleus sur tout le corps. On voit aussi des marques autour de son cou. On peut dire qu'il revient de loin ! Je vous le répète, à quelques minutes près, votre brute l'étranglait ! Ça aurait fait une drôle d'histoire…

La maîtresse de « La Rouvière » baissa la tête et resta un long instant silencieuse. Elle était tellement troublée qu'elle ne trouvait pas les mots qu'elle voulait exprimer.

– Je ne m'explique toujours pas ce qui a pu se passer dans l'esprit de mon fils ? dit-elle mal à l'aise. Jusque-là, il était très gentil… Même s'il vivait un peu en sauvage… Je vous prie de l'excuser pour ce qu'il a fait mademoiselle… Je puis vous assurer qu'il ne recommencera plus…

Elle s'interrompit à nouveau et, d'une voix encore beaucoup plus gênée, elle ajouta :

– Quant à moi, je vous demande pardon pour les paroles blessantes que j'ai prononcées tout à l'heure à votre égard... Je m'étais fait une fausse idée de cette affaire...

Christine Bonin haussa encore une fois les épaules.

– Oh ! ça va ! Pas la peine d'en faire un drame ! Vous savez, moi, je ne suis pas du genre chichiteuse ! C'est pas la première fois qu'un gars me flanque une raclée. Ce n'est pas pour autant que je vais me plaindre à la gendarmerie. Je suis comme mon père, je n'aime pas les képis. Quant à Jacky, il voulait déposer plainte. Je lui ai conseillé de n'en rien faire car je ne voudrais pas que les cognes viennent rôder à La Sablonne sous prétexte de mener leur enquête. De ce côté-là, vous pouvez donc être rassurée. Voyez, on est ce qu'on est, mais on n'est surtout pas des donneurs !

– Merci mademoiselle, dit la veuve dans un souffle. Merci...

Yvonne Mouget s'éloigna, la tête toujours basse. Elle reprit son vélomoteur et quitta la cour sous le regard un peu étonné de Christine Bonin qui réalisait soudain tout ce que cette femme avait dû supporter comme vexations depuis qu'elle avait mis au monde un crétin.

CHAPITRE VIII

Quant à la fermière, à peine eut-elle parcouru quelques dizaines de mètres sur sa machine, que les larmes jaillirent de ses yeux. Jusqu'à Rabron, elle roula à une allure très modérée car les pleurs brouillaient tellement sa vue que, dans l'étincellement de la lumière d'été, elle ne distinguait plus sa route…

CHAPITRE IX

Yvonne Mouget ne parvenait pas à trouver le sommeil. Elle se tournait et se retournait sans cesse depuis des heures sur sa couche, comme si elle était sur un lit de braise. Ce n'est pas la touffeur de la nuit qui l'empêchait de dormir. Son insomnie provenait d'une autre cause. Elle ne cessait de ressasser les événements de la veille qui l'avaient douloureusement affectée dans sa sensibilité maternelle. Elle en demeurait bouleversée.

Dès son retour de La Sablonne, elle avait entraîné Jeanjean dans sa chambre afin de lui faire subir un interrogatoire en règle. Elle avait voulu connaître la vérité, savoir si les révélations de Christine Bonin étaient exactes.

En voyant les yeux rougis de sa mère, le débile avait compris que quelque chose de nouveau s'était passé depuis le matin. Se sentant coupable et désarmé, il avait attendu avec résignation de subir d'autres reproches.

La maîtresse de « La Rouvière » ne s'était pas laissé attendrir par la détresse qui transparaissait dans le regard et l'attitude de son fils. Pendant près d'une heure, elle n'avait pas cessé de le questionner, de le harceler pour lui arracher bribe après bribe le récit des événements qui s'étaient déroulés à son insu au cours des semaines précédentes.

Jeanjean avait fini par tout avouer de sa rencontre avec Christine. Par reconnaître qu'il lui avait dérobé le portefeuille rouge. Par dire qu'il aimait la jeune fille. Comment il l'espionnait en cachette depuis des jours et des jours. Il avait expliqué les raisons de son hostilité contre Jacky Aubry. Pourquoi il l'avait attaqué.

La jalousie, la haine que le débile vouait à son rival avaient effrayé rétrospectivement la fermière. D'autant plus qu'elle pressentait que ces ressentiments ne s'étaient pas effacés de son subconscient. Au contraire, il semblait persuadé que c'était à cause de Jacky Aubry que la jeune fille l'avait bafoué. Il en voulait toujours farouchement à son rival.

La veuve avait dû faire preuve de beaucoup de patience, de perspicacité pour comprendre et démêler la vérité à travers le galimatias du simplet. Elle avait réalisé avec effroi qu'il portait en lui toutes les prémices d'un futur drame.

Après avoir ainsi rassemblé les pièces du puzzle, Yvonne Mouget s'était trouvée confrontée à un problème aussi grave que le précédent. Il était vain de chercher à user de persuasion ou de réprimande avec le débile. Il fallait agir d'une manière différente pour qu'il ne glissât pas sur la pente fatale de la vengeance. Elle devait le remettre le plus tôt possible en face de sa victime. Pour qu'il éprouvât de la honte et peut-être du regret de son acte. Autrefois, lorsqu'il était encore petit, elle l'avait guéri de sa fâcheuse manie de jouer avec le feu en approchant ses menottes tout près des flammes. Il n'avait plus jamais recommencé par la suite à retirer les bûches de l'âtre. C'est une expérience semblable qu'elle avait essayé de tenter en cherchant à guérir le mal par le mal.

Après leur long entretien, elle avait pris Jeanjean par la main. Il l'avait suivie comme toujours docilement, soumis à nouveau à la volonté maternelle. Elle l'avait entraîné à travers les rues du village.

Ah ! cette marche au soleil à l'heure de la méridienne ! Cette interminable promenade entre les fermes qui semblaient désertes…

Une nouvelle fois, pour entreprendre cette démarche, elle avait dû ravaler sa fierté. Ne plus penser qu'à l'avenir du pauvre simplet. Celui-ci s'était mis à renâcler au fur et à mesure qu'ils approchaient du but. Elle avait dû le morigéner comme un enfant qui ne veut pas aller à l'école. Car il avait bientôt compris où elle le conduisait. Il avait deviné que c'était auprès de sa victime, de son rival.

La maîtresse de « La Rouvière » n'était pas près d'oublier la scène qui avait suivi.

La ferme des Aubry était située à l'extrémité du village, sur la route qui menait à Dole. C'était une grande bâtisse coiffée d'un toit à auvent sous lequel pendaient encore des grappes de maïs blond. Les bâtiments d'élevage, plus modernes, s'adossaient à un petit bois de peupliers. Derrière la propriété, il y avait aussi un vaste parc ombragé de noyers centenaires sous lesquels une trentaine de vaches laitières étaient couchées.

La famille se trouvait encore à table lorsqu'elle était entrée avec Jeanjean. Dix paires d'yeux étonnés s'étaient aussitôt fixés sur eux. De sa vie, jamais la veuve n'avait éprouvé une telle gêne, une telle honte.

Tremblante d'émotion, la gorge nouée, elle avait bafouillé :

CHAPITRE IX

– Je… suis venue… pour vous… pour vous présenter des excuses… Pour ce qui s'est passé cette nuit…

Immédiatement, elle avait reconnu Jacky parmi les personnes attablées. Il avait un énorme coquard à l'œil droit et sa lèvre supérieure était exagérément enflée.

Elle avait fait passer aussitôt Jeanjean devant elle en le poussant par les épaules en direction de sa victime.

– Demande pardon à Jacky ! avait-elle commandé.

Balourd, le colosse s'était approché de son rival. La tête basse, il l'avait regardé par en dessous, en conservant un mutisme absolu.

– Dis pardon ! avait insisté Yvonne Mouget.

Tous les autres continuaient de les regarder, d'un air plus stupéfait que réprobateur.

– Allons ! Tu as entendu, Jeanjean ? Demande pardon !

Sans lever les yeux sur le visage tuméfié de son rival, le débile avait murmuré :

– Pardon…

– Pardon, Jacky ! avait-elle tenu à lui faire préciser.

– Pardon… acky…

Le prénom s'était trouvé estropié, comme cela arrivait souvent dans la bouche du simplet.

Une scène odieuse avait suivi. Le jeune amant de Christine Bonin s'était levé brusquement de sa chaise. Sans dire un mot il avait quitté la cuisine où les autres membres de la famille et les deux commis achevaient de boire le café. Le père Aubry était assis tout à fait au fond, au bout de la table. C'était un homme dans la soixantaine au regard gris, à la mine sévère. La mère était debout et s'occupait à débarrasser le couvert aidée de la fille aînée. Personne n'avait prononcé un mot depuis l'entrée de la maîtresse de « La Rouvière » et de son fils.

Soudain, Jacky était réapparu. Il tenait une sorte de longue tige flexible à la main. Un nerf de bœuf. Une arme redoutable qu'Yvonne Mouget identifia immédiatement. Sans crier gare ! il se précipita sur Jeanjean et, de toutes ses forces, se mit à le frapper d'abord sur les épaules puis sur les avant-bras lorsqu'il les plaça au-dessus de sa tête pour se protéger.

– Des excuses ?… Des excuses ?… Je t'en f… moi, des excuses ! Tiens, salaud ! Tiens ! Voilà comment je les accepte tes excuses !

Affolée, la veuve s'était précipitée pour protéger son fils. Elle reçut un coup sur la main. Un coup fulgurant qui lui arracha un cri de douleur. Mais ce n'est pas ce qui arrêta Jacky dans sa fureur vengeresse. Il fallut que son père s'en mêlât pour qu'il cessât de frapper.

– Ça suffit comme ça ! avait ordonné Armand Aubry.

Le jeune homme s'était reculé d'un pas. Il écumait de colère. Jeanjean venait quant à lui de se placer peureusement derrière sa mère.

– Ce n'est pas bien ce que tu viens de faire, avait dit Yvonne Mouget en s'adressant à Jacky.

– Il méritait une bonne correction ! répliqua l'autre. Après ça, je suis sûr qu'il n'aura plus envie de recommencer ce qu'il a fait !

Le père Aubry s'était levé à son tour. Il avait une voix enrouée car il souffrait d'asthme chronique. Il s'adressa d'abord à son fils :

– Ne reviens pas sur ce qui s'est passé la nuit dernière ! C'est bien fait pour toi ! Tu n'avais pas besoin d'aller traîner tes guêtres en compagnie de la Bonin !

La maîtresse de « La Rouvière » avait compris que les Aubry n'étaient pas non plus tellement satisfaits de la fréquentation de leur garçon. Après avoir formulé cette réprobation, le fermier s'était tourné vers elle. Il avait un regard dur, sans aucune trace de pitié.

– Ce que je viens de dire n'enlève rien à la gravité de l'acte que votre idiot a commis. Ce n'est quand même pas des manières d'agresser ainsi les gens !

– Je sais, avait murmuré Yvonne Mouget à nouveau humiliée. Ce qu'il a fait est inadmissible, j'en conviens... Mais il faut le pardonner... Il n'a pas toute sa raison...

– Dans ce cas, c'est à vous de le surveiller. Si vous n'en êtes pas capable, il faudra le faire enfermer. Il y a des établissements pour ça !

Elle avait écouté sans broncher ce réquisitoire implacable auquel l'autre avait cru bon d'ajouter encore ce trait, d'un air un peu dédaigneux :

– Si nous étions des gens méchants, avec les témoins que nous avons, nous pourrions faire marcher l'affaire. Mais nous n'avertirons pas les gendarmes. Les Aubry ne sont pas des chicaneurs, comme certains...

La patronne de « La Rouvière » s'était rappelée à cet instant une vieille histoire de bornage qui avait opposé le fermier à son père une trentaine d'années auparavant. Un différend que le tribunal de Dole avait tranché au détriment de ses hôtes.

Elle avait préféré encaisser cet affront sans mot dire et était partie en poussant Jeanjean devant elle comme si elle redoutait qu'on ne lui assenât de nouveaux coups.

CHAPITRE IX

La mère et le fils avaient retraversé tout le village, elle, profondément mortifiée, lui, remâchant sa haine en sentant la douleur cuisante des coups reçus. Ses mains déjà énormes s'étaient mises à enfler, son sang perlait à une oreille.

En arrivant à « La Rouvière », elle avait compris à quel point elle s'était trompée en cherchant à guérir son fils de cette manière. En le confrontant à sa victime elle l'avait au contraire remis au contact avec le monde de violence et d'incompréhension auquel elle aurait voulu le soustraire. Il était entré dans une sorte de crise qu'elle ne lui avait jamais connu jusque-là. Il s'était mis à frapper du poing contre le mur, à trépigner de rage, à prononcer des paroles incohérentes mais où le prénom de Jacky revenait sans cesse comme un leitmotiv. Effrayée par ce déchaînement, Yvonne Mouget avait tout fait pour essayer de calmer Jeanjean, sous le regard consterné de Félicie qui n'avait jamais vu le débile dans un tel état.

Le simplet s'était finalement apaisé. À sa fureur démente avait succédé une sorte de prostration morbide qui s'était prolongée jusqu'au soir et durait encore lorsqu'elle l'avait envoyé se coucher.

C'est à ce nouveau problème que la veuve songeait sans arrêt depuis des heures. Comment extirperait-elle l'idée de la vengeance du cerveau du dément ? Elle se le demandait avec angoisse. Elle savait qu'il allait ruminer sa revanche pendant des jours et des jours. Il n'aurait de cesse de faire payer à son rival les coups qu'il lui avait donnés.

Après la scène à la fois grotesque et odieuse qui s'était déroulée durant l'après-midi chez les Aubry, Yvonne Mouget savait qu'elle allait vivre désormais avec la hantise d'un nouveau drame. Quoi qu'elle fasse, tôt ou tard, les routes de Jeanjean et de Jacky se croiseraient. Le souvenir cuisant de la leçon reçue par le débile resurgirait dans sa mémoire. Il ne laisserait pas passer l'occasion de se venger, et ce serait terrible…

Tandis que la fermière sentait grandir son angoisse à l'évocation de ce douloureux problème, le silence de la lourde nuit d'été continuait de peser sur la campagne. Tout était calme. On entendait seulement le chant familier des grillons et celui plus lointain des rainettes qui proliféraient en bordure des étangs. Minuit avait sonné depuis longtemps au clocher de Rabron. La lune d'argent poli, déjà haute dans le ciel, indiquait qu'on était sur le second versant de la nuit.

CHAPITRE IX

Cela commença d'abord par un bruit confus venant du centre du village. Des portes se mirent à claquer. Il y eut des pas précipités puis presque aussitôt des cris :

– Au feu ! Au feu !

Yvonne Mouget fut debout en une fraction de seconde, comme si un ressort l'avait projetée hors de son lit. L'instant d'après, elle courait dans le couloir, guidée par un instinct farouche qui lui faisait éviter tous les obstacles. Elle se jeta littéralement contre la porte de la chambre de Jeanjean. Elle manœuvra le pêne à plusieurs reprises, oubliant dans sa panique qu'elle avait elle-même, la veille, tourné de l'extérieur la clef dans la serrure. Elle batailla un instant dans l'ombre et parvint finalement à ouvrir la porte. Ses mains fébriles pressèrent le bouton de l'interrupteur. La lumière jaillit dans la pièce…

Jeanjean était allongé sur son lit. Le drap ne cachait pas le haut de son corps. On voyait son torse puissant tout embroussaillé d'une toison drue. Couché sur le dos, la bouche entrouverte, il ronflait paisiblement. Les longues touffes de ses cheveux noirs éparpillés sur l'oreiller ressemblaient à la crinière d'un cheval.

La fermière venait d'éprouver une telle frayeur à l'idée que son fils pût être absent cette nuit-là, se trouver une fois encore au-dehors au moment où un nouveau drame s'abattait sur le village, qu'elle en eut les jambes et le souffle coupés par l'émotion. Elle se laissa glisser à genoux au chevet du dormeur.

À l'extérieur, la rumeur s'enflait de minute en minute. Bientôt, les cloches de l'église se mirent en branle. Le tocsin propagea la tragique nouvelle à travers le Finage. Pour la sixième fois depuis le début du mois de juin, un incendie criminel venait d'éclater à Rabron !

Yvonne Mouget ne se précipita pas, comme elle le faisait d'habitude, pour essayer de voir, par la fenêtre, en quel lieu se situait le sinistre. Cette nuit, le malheur des autres ne l'intéressait pas. Elle préféra savourer égoïstement la joie qu'elle éprouvait à l'idée qu'elle venait d'acquérir enfin la certitude que Jeanjean n'était pour rien dans cette sinistre comédie. Jusque-là, malgré les dénégations de Jeanjean, il lui était resté un doute. À présent, elle avait la preuve que ce n'était pas lui l'incendiaire.

Au lieu de retourner tout de suite dans sa chambre pour essayer d'y trouver un sommeil réparateur, elle resta au chevet du simple d'esprit. Comme autrefois lorsqu'il était petit, elle se mit à lui caresser les joues, à passer ses doigts à travers les longues boucles de ses cheveux.

CHAPITRE IX

Le débile ne ronflait plus. Il continuait à dormir avec tout l'abandon, toute l'innocence d'un enfant. Sa mère, qui s'était mise à pleurer doucement, avait l'impression qu'elle avait remonté le temps. Pour elle, dans cette nuit d'été hachée par les lueurs fauves de l'incendie, traversée par les éclats de la colère des hommes, le monde cruel et ses problèmes n'existaient plus. Jeanjean, dont les bruits ne troublaient pas le sommeil d'ange, était redevenu tout petit.

Son petit…

CHAPITRE X

COMBIEN DE TEMPS était-elle restée près de Jeanjean ? Une heure ? Deux heures ? Yvonne Mouget eût été incapable de le dire. Blottie à côté du lit où son fils continuait de baigner dans une bienheureuse léthargie, elle n'avait pas bougé de place. Par la fenêtre ouverte sur la nuit, on entendait toujours l'ample rumeur de détresse que l'incendie faisait naître quelque part dans le village. Elle n'y attachait point d'importance, pas plus qu'au bourdonnement des insectes nocturnes qui venaient se cogner contre l'ampoule du lustre pendu au plafond.

Les yeux grands ouverts, elle se laissa entraîner dans une longue rêverie au cours de laquelle des images remontées du passé, des souvenirs d'un bonheur lointain ne cessèrent pas d'affluer à sa mémoire.

Quand elle voulait retrouver la paix et une certaine joie de l'âme, c'était toujours vers le temps de sa jeunesse insouciante qu'elle devait retourner en pensées. Depuis cette époque, elle n'avait plus jamais été vraiment heureuse. En elle, l'ombre avait pris le pas sur la lumière. Le soir où on avait ramené à « La Rouvière » le corps de son mari noyé, le soleil avait disparu pour toujours de son ciel jusque-là sans nuages.

Ensuite, pendant vingt-quatre ans, elle avait poursuivi, aux côtés de son fils handicapé par la plus cruelle des maladies, une existence sans heurts mais aussi sans espoirs. Une vie banale à force d'être quotidienne. Autour d'elle, tous les autres faisaient des projets d'avenir pour leurs enfants. Parlaient de leurs études, de leurs sottises de gosses, de premières communions, de leurs amourettes, du service militaire… Yvonne Mouget n'avait jamais abordé de semblables sujets de conversation. Jusqu'à ces derniers jours, Jeanjean ne lui avait vraiment pas posé de gros problèmes. C'était plutôt elle qui compliquait les choses en cherchant à le couver comme une mère poule. Elle ne vivait que par et pour lui, n'ayant pour seul objectif que l'aplanissement des difficultés sur sa route et surtout la constitution d'un pécule qui lui permettrait de continuer à avoir une existence décente lorsqu'elle ne serait plus là.

Tels étaient les principaux desseins auxquels la maîtresse de « La Rouvière » avait consacré toute son énergie depuis le début de son veuvage. Pourtant, à une reprise au moins, elle avait eu l'occasion d'accéder à une autre vie. Elle n'avait pas cherché à provoquer ce changement. Cela s'était présenté simplement, comme toutes les circonstances qui naissent du hasard.

Ce hasard s'appelait Edmond Cartaux. Il avait cinquante ans, plus beaucoup de cheveux sur la tête, un corps un peu replet, mais ne manquant pas d'un certain charme avec ses yeux bleus et surtout sa faconde qui éclatait de joie de vivre. Négociant en grains, il possédait une très belle affaire en dépit de la concurrence que lui faisaient sur le marché les silos coopératifs et surtout les grandes minoteries industrielles.

Il avait fait la connaissance d'Yvonne Mouget une dizaine d'années plus tôt, au cours d'une tournée de ramassage des céréales après les moissons. Il avait dû éprouver immédiatement de la sympathie pour elle. Il était revenu souvent par la suite, sans raisons bien précises, simplement pour la saluer. Lui-même était veuf, avec une fillette de cinq ans la cadette de Jeanjean. Il vivait seul avec elle et une gouvernante âgée, dans une grande maison qu'il possédait à Pierre-de-Bresse.

La présence d'Edmond Cartaux ne déplaisant pas à la fermière, celui-ci était revenu de plus en plus fréquemment à « La Rouvière ». Au village, les langues des commères avaient commencé à aller bon train et vite supputé un futur remariage.

À la fois gênée et flattée par l'assiduité de son soupirant quinquagénaire, la veuve n'avait rien fait qui pût encourager ou décourager ses espoirs. Comme beaucoup de femmes seules, face aux difficultés de l'existence, elle s'était interrogée plusieurs fois pour savoir s'il ne valait pas mieux repartir sur un autre chemin, épaulée par un compagnon loyal et fort qui lui témoignait tant d'égards.

Mais il y avait Jeanjean…

Jeanjean qui occupait toutes ses pensées de l'aube au crépuscule. Qui hantait aussi bien souvent ses cauchemars. Jeanjean à qui elle vouait un amour exclusif. Jeanjean avec lequel elle passait des heures et des heures à bêtifier pour essayer de pénétrer son univers et d'en comprendre les fantasmes.

Un mari admettrait-il cette attitude ? Comprendrait-il l'intensité de la passion qu'elle avait pour ce fils handicapé ? Cet attachement viscéral que l'adversité n'avait fait que renforcer d'année en année ?

Et le débile, quelle serait sa réaction en face d'un beau-père ? D'un homme qui commanderait en maître à « La Rouvière » ? Car Edmond Cartaux et sa fillette viendraient habiter à Rabron. Il ne pourrait être question de la solution qui eût consisté, pour elle et son fils, d'aller vivre à Pierre-de-Bresse. Jeanjean n'éprouverait-il pas une jalousie morbide en voyant un homme prendre tant d'importance dans le cœur de sa mère ? Cette transformation ne créerait-elle pas en lui un traumatisme qui serait fatal à son fragile équilibre psychique ?

Ce furent toutes ces raisons que la fermière opposa à Edmond Cartaux lorsqu'il lui fit sa demande en mariage. Le négociant en grains eut beau plaider sa cause, promettre, user de tous les arguments en son pouvoir, il ne parvint pas à décider son interlocutrice.

Yvonne Mouget répondit avec calme, mais aussi avec regret et une infinie tristesse, qu'elle ne se remarierait jamais. Elle désirait se consacrer entièrement à son fils.

Dépité par cette fin de non-recevoir à laquelle il ne s'attendait pas, le prétendant avait prononcé des paroles impitoyables avant de quitter pour toujours « La Rouvière ». Ces phrases étaient restées gravées dans la mémoire de la veuve. Elles revenaient bien souvent hanter ses nuits d'insomnie :

« Il faut avoir le courage de regarder la vérité en face, Yvonne, avait dit Cartaux. Tant que Jeanjean restera près de vous, vous n'aurez pas une vie normale. Vous ne serez jamais heureuse. Vous êtes encore jeune. Vous avez droit à une autre existence que celle que vous menez. Il est injuste de vous sacrifier ainsi. Pour rien. Oui, je dis bien pour rien ! Car malheureusement, le destin de votre fils est tracé d'avance. Tôt ou tard, il finira dans un asile. Que vous le vouliez ou non. Il vaudrait mieux que vous le placiez le plus tôt possible dans un établissement spécialisé pour malades mentaux où il trouverait peut-être son équilibre, sinon la guérison. Ne vous entêtez donc pas à son sujet. Réfléchissez pendant qu'il est encore temps. Jeanjean n'est qu'une folle avoine que vous devriez arracher de votre vie… »

Une folle avoine !

Aucun autre terme ne pouvait, avec une plus criante vérité, symboliser l'existence de Jeanjean. Il avait en effet poussé comme une de ces graminées sauvages et inutiles qui croissent sans qu'on sache pourquoi parmi les champs fertiles. Ces plantes étaient toujours les plus vivaces, les plus hautes, mais elles ne servaient à rien…

C'est pourtant à cet être insignifiant que la fermière s'était attaché par toutes ses fibres. Pour lui elle avait renoncé à tout. À être autre chose qu'une louve attentive prête à mordre et à griffer celui qui tenterait de lui arracher son petit.

Le simplet avait poussé, s'était développé physiquement pour devenir le magnifique athlète qu'il était aujourd'hui. Elle l'avait vu sortir de l'enfance, puis de l'adolescence, aborder l'âge adulte sans se rendre compte qu'il grandissait. De tous les hommes du village, il était celui qui avait la plus haute taille. Il était le plus robuste. Il les dépassait tous d'une tête et sa carrure était impressionnante. Quel splendide paysan il aurait fait s'il avait su conduire un tracteur ou tenir les commandes d'une moissonneuse-batteuse !

Mais Jeanjean ne serait jamais rien de cela. Sa vigueur, sa force herculéenne demeureraient toujours inemployées. Elles ne contribueraient pas à la prospérité de « La Rouvière ». Il resterait une folle avoine soumise aux seuls caprices du vent qui emportait sa destinée inutile.

Soudain, sans que la fermière en prît conscience, l'aube d'un jour nouveau succéda à la nuit. Mais ce ne fut pas le bouillonnement lumineux annonçant la naissance du soleil qui la tira de ses vaines rêveries. Ce furent des cris. Une sorte de clameur venue du centre du village, qui s'enfla et se rapprocha.

La veuve se redressa, esquissant une grimace en sentant une courbature douloureuse au creux de ses reins. Elle venait de passer plusieurs heures accroupie près de Jeanjean, oubliant qu'elle n'avait plus vingt ans. Elle s'approcha lentement de la fenêtre. Elle se sentait très lasse. Elle n'avait pas fermé l'œil de la nuit. Elle pensa avec appréhension à la rude journée qui l'attendait. Ce serait encore plus dur que les autres jours. Ce matin, elle allait attaquer le Champ Rougeot, une parcelle d'une vingtaine d'hectares semée d'un blé de sélection. Pendant des heures interminables, il faudrait tourner au soleil sur la machine, les vêtements collés sur le corps par la transpiration en avalant des nuages de poussière. À la fatigue s'ajouterait la hantise de la panne, celle des ratés du moteur, des pignons qui se grippent, des axes qui se cassent, des barres de coupe qui se mettent à foirer. Dans ces cas-là, il fallait quitter le siège inconfortable de la moissonneuse-batteuse et plonger clé à molette en main dans le cambouis de la mécanique détraquée.

CHAPITRE X

Pendant combien de temps pourrait-elle tenir le coup ? Continuerait-elle à mener cette vie d'homme ? Où était-elle l'époque où elle apprenait le piano et la broderie dans la pieuse institution où elle avait fait ses études ? La lourde tâche qu'elle accomplissait chaque jour n'était vraiment pas un travail de femme. Mais pouvait-elle faire autrement ? Ce magnifique domaine de « La Rouvière », pouvait-elle le vendre, l'abandonner, le donner en fermage ? Non ! C'était vraiment à cette occasion que son vieil atavisme paysan refaisait surface. La terre restait la terre, faite pour la peine mais aussi pour la joie. Chaque année à l'automne elle ne se posait pas la question de savoir si elle aurait la force de mener à bien la moisson future. Elle procédait aux labours et aux semailles. La suite venait naturellement. Il en serait ainsi jusqu'à la fin de ses jours. Elle n'en doutait plus à présent.

L'air frais du matin revigora la fermière. Elle respira profondément et s'étira en bâillant. Le jour gagnait lentement le large de la plaine à partir des bois de Rabron et la jeune lumière éclaboussait la cour. Déjà, dans leur joie batailleuse, les premières hirondelles traversaient le ciel comme des flèches.

Cependant, la rumeur qui montait du village continuait à grandir. Des voix d'hommes excités.

des cris de femmes. Le lourd martèlement d'une foule en marche. Soudain, les premières silhouettes apparurent dans l'encadrement du portail ouvert sur la rue. En quelques secondes, ils furent dix, vingt, cinquante à envahir la cour, à gesticuler. Plus intriguée qu'inquiète, elle se pencha et demanda :

– Qu'est-ce qui se passe ?

Cinquante voix lui répondirent ; dans ce brouhaha, elle ne comprit pas un seul mot. Il valait mieux descendre. Elle quitta aussitôt la fenêtre pour regagner sa chambre, cela au moment même où son fils venait de se réveiller. Il avait dû entendre lui aussi les cris.

– Reste ici, Jeanjean, dit-elle. Je vais revenir.

À son regard égaré, elle devina qu'il avait peur. Elle se sentit elle-même gagnée par une étrange angoisse. Elle se hâta de traverser le couloir et de rentrer dans sa propre chambre pour s'y habiller.

En bas, les autres s'impatientaient. Ils tambourinaient à coups redoublés contre la porte. Quatre à quatre, sans prendre le temps de remettre de l'ordre dans sa coiffure, elle descendit les marches de l'escalier pour gagner le rez-de-chaussée.

Dès qu'elle eut tourné la clé dans la serrure, le battant fut repoussé avec une telle violence qu'elle dut reculer d'un pas pour éviter d'être renversée.

– Où est-il ? demandèrent en chœur plusieurs voix.

Elle les regarda tout étonnée. Elle reconnut Bachut le fermier de « La Mounille », Letondeur qui possédait la ferme sise à côté de l'étang des Buées, le grand Jobez et son cadet, Pernin l'éleveur de porcs et plusieurs autres qui s'agitaient, qui criaient derrière les premiers.

– Qui cherchez-vous ? fit-elle d'une voix blanche en sachant très bien ce que désirait la meute.

– Jeanjean ! clamèrent les autres, ensemble.

– Il est ici... Pourquoi ?...

– Nous venons pour l'arrêter ! dit le grand Jobez.

La réponse parut tellement insensée à la maîtresse de « La Rouvière » qu'elle recouvra d'un coup son autorité. Une brusque colère la saisit.

– Arrêter Jeanjean ? demanda-t-elle d'une voix sèche. De quel droit ?

– Tu ne sais donc pas ce qu'il a fait ton gars ? questionna Léon Letondeur.

– Non, je ne le sais pas !

– C'est lui l'incendiaire !

– Ce n'est pas vrai !

La réponse avait jailli de ses entrailles. Le ton aigu de cette dénégation domina le tumulte des braillards. Ils firent brusquement silence pour l'écouter discuter avec Letondeur.

– Si, c'est vrai Yvonne, expliqua le fermier d'une voix grave. Cette fois, on a la preuve que c'est lui qui flanque le feu partout.

– Quelle preuve ?

– Cette nuit, c'est le hangar des Aubry qui a flambé…

– C'est faux ! Vous vous trompez ! protesta-t-elle. Jeanjean n'a pas quitté sa chambre !

– C'est vous qui le dites, ironisa Pernin.

– Je l'avais enfermé à clef.

– Et la fenêtre ? Il a très bien pu passer par la fenêtre ! rétorqua le grand Jobez.

– Je vous répète qu'il n'a pas quitté sa chambre cette nuit !

Léon Letondeur haussa ses larges épaules. Comme beaucoup d'autres, il avait dû aider à combattre l'incendie car il avait les mains et le visage maculés de suie.

– Alors, comment expliques-tu que quelqu'un l'ait vu s'enfuir ?

Face à cette attaque précise, la maîtresse de « La Rouvière » sentit sa raison vaciller. Ce que l'autre prétendait était impossible. Elle n'avait pas rêvé. Jeanjean dormait bien dans sa chambre lorsqu'elle y était entrée...

– Qui l'a vu ? demanda-t-elle.

– Jacky Aubry !

– À quel moment ?

Il y eut un remous parmi la foule. Le jeune amant de Christine Bonin se fraya un passage et vint se planter au premier rang. Lui aussi avait le visage barbouillé comme celui d'un charbonnier. De plus, sa lèvre était toujours exagérément enflée.

– Il est resté caché près des peupliers jusqu'au moment où le tocsin s'est mis à sonner, dit-il. Je l'ai vu qui s'enfuyait à travers champs quand je revenais en courant de chez monsieur le curé !

– Tu mens ! Tu mens ! protesta Yvonne Mouget avec rage.

– Non je ne mens pas !

– Tu t'es trompé ! Ça ne pouvait pas être lui ! Quand le tocsin s'est mis à sonner, j'étais à côté de Jeanjean !

La voix de la fermière devenait véhémente, passionnée. La voix de l'innocence bafouée.

– Tu n'es qu'un misérable ! Tu es en train de te venger en inventant une histoire ! Parce qu'il t'a battu !

Il y avait une telle sincérité dans cette protestation que les accusateurs ne semblaient plus aussi convaincus qu'auparavant. Ils se taisaient, un peu gênés. Voyant que l'intervention allait tourner court, Léon Letondeur reprit la direction des opérations.

– C'est peut-être vrai que Jacky cherche à se venger, intervint-il. D'un autre côté, c'est normal que tu défendes ton fils. Mais nous, on n'est pas forcés de te croire sur parole. Alors va chercher Jeanjean. On va l'interroger !

Yvonne Mouget sentit la menace. Comprit ce qui allait se passer. Le pauvre débile face à cette foule déchaînée qui le malmènerait, le terroriserait, lui ferait avouer sous les coups n'importe quoi…

– Vous n'avez pas le droit de faire cela ! protesta-t-elle. D'ailleurs, les gendarmes sont déjà venus pour lui poser des questions. Ils ont bien compris qu'il n'était pas coupable !

– Si vous ne voulez pas le faire, on va aller le chercher nous-mêmes !

C'est Pernin, l'éleveur de porcs, qui venait de parler. Un homme énorme et débraillé, aussi malodorant que ses pensionnaires. Une espèce de brute qui se battait souvent après boire et avec qui il ne faisait pas bon avoir un différend. Si ce rustre montait dans la chambre de Jeanjean et tentait de le faire descendre, ça ferait du vilain. Avec les autres excités qui accouraient à la rescousse, on risquait d'assister à une scène pénible.

– C'est bon, dit la fermière de « La Rouvière », je vais aller le chercher. Mais je vous en prie, cessez de crier. Vous allez l'effrayer. C'est un pauvre malade. Je vous le répète, il n'est pas coupable…

Le groupe agglutiné devant la porte s'apaisa quelque peu. Presque tout le village était là. Non seulement les hommes, mais aussi les femmes, les enfants.

Yvonne Mouget leur tourna le dos et entreprit de monter au premier étage. Elle était rongée d'inquiétude, bouleversée à l'idée d'obliger le simplet à affronter cette bande malfaisante qui allait réclamer vengeance pour un crime qu'il n'avait pas commis.

Elle n'avait pas gravi dix marches lorsque soudain une nouvelle clameur retentit dans la cour. Elle entendit des gens qui criaient :

– Il se sauve par-derrière ! Arrêtez-le ! Arrêtez-le !…

La veuve comprit immédiatement ce qui se passait. Depuis sa chambre, Jeanjean avait dû entendre la conversation qu'elle venait d'avoir avec les autres. Il avait pris peur et s'était enfui par la porte qui donnait sur l'arrière de la maison.

Terrorisée à l'idée du drame qui pouvait se produire, la fermière se hâta de redescendre. Elle se précipita vers la porte. La cour s'était vidée. Les gens couraient tous en direction du parc. Ils soulevaient un nuage de poussière qui volait dans la lumière matinale.

La malheureuse femme n'osa pas les suivre. Elle demeura pétrifiée sur le seuil et fut obligée de s'appuyer contre le chambranle de la porte tellement ses jambes chancelaient sous elle. À présent, elle savait qu'elle ne pourrait plus rien pour Jeanjean. Ou il échapperait par ses propres moyens à la meute lancée à ses trousses, ou celle-ci le rattraperait et ce serait l'hallali.

À cet instant, une nouvelle silhouette parut dans l'encadrement du portail. Celle d'un cycliste. Elle le reconnut immédiatement. Il s'agissait de l'abbé Ferney. C'était le nouveau curé de la paroisse. Il ne portait pas de soutane mais des vêtements civils communs. Seule une petite croix pectorale signalait son état. Yvonne Mouget le voyait au moment des offices, mais il était venu à plusieurs reprises le dimanche déjeuner à « La Rouvière » et Jeanjean éprouvait une certaine sympathie pour lui, un homme qui lui parlait gentiment.

CHAPITRE X

En le voyant, la fermière comprit que le jeune abbé était sans doute leur unique chance de salut. Elle se précipita vers lui.

– Mon Dieu, monsieur le curé… Faites quelque chose, je vous en supplie. Ils vont le tuer ! Ils vont tuer mon fils… Et il n'est pas coupable !

Le prêtre posa sa bicyclette contre le mur et suivit la fermière qui se mit à courir vers l'arrière de la maison. Il n'y avait plus personne dans le verger. La foule était plus loin, sous les arbres du parc. Le soleil passait à travers le feuillage des platanes et ses rayons dessinaient des ocelles sur le tapis vert du pré.

Plus loin, presque à la limite des blés qui atteignaient le blond mordoré de la pleine maturité, un groupe compact s'agitait. Le jeune curé et la veuve s'en rapprochèrent rapidement. Les gens se pressaient en rond autour d'un spectacle qui devait les exciter car une impatience hilare se lisait sur tous les visages. Ils se haussaient, se bousculaient pour essayer de mieux voir. Les rires acides des femmes piquaient l'épaisse rumeur des voix d'hommes.

Entraînant Yvonne Mouget à sa suite, le prêtre fendit les rangs serrés des curieux et arriva au centre du cercle où se déroulait une vilaine scène.

Jeanjean était à terre. Il ne portait qu'un slip pour masquer sa nudité. Sans doute n'avait-il pas eu le temps de revêtir ses autres vêtements avant de s'enfuir. Ses poursuivants l'avaient rattrapé à l'orée du Finage. L'un d'eux, plus rapide que lui à la course, l'avait plaqué aux jambes. Il était tombé, et, pendant qu'il essayait de se dégager de l'étreinte de son adversaire, les autres les avaient rejoints en masse. Il avait succombé sous le nombre.

À présent, ils étaient au moins dix à le maintenir sur le sol. Malgré cela, il se débattait encore. Son corps musclé se bandait et se détendait avec des sursauts d'électrocuté. Il avait un visage terrible, grimaçant, décomposé, une bave blanchâtre au coin des lèvres, des yeux de fauve piégé.

Autour de lui, la foule grondait d'injures, de menaces de mort. Beaucoup le frappaient. À coups de pied, à coups de poing, lui lacéraient les flancs avec le talon. On entendait le souffle rauque des poursuivants, leurs cris haineux :

– Tiens charogne ! Voilà pour la grange de Girod ! Voilà pour le champ de Colas ! Pour le hangar à Aubry !

C'était à qui se vengerait le mieux du préjudice subi au cours des dernières semaines. Enfin, on tenait le coupable ! Enfin, il payait dans sa chair l'addition restée trop longtemps sans règlement ! Ceux qui n'avaient pas encore pu frapper poussaient les autres pour pouvoir le faire.

Les coups mats s'écrasaient contre le corps du malheureux supplicié, meurtrissaient son ventre, ses reins, sa poitrine. Il les recevait sans crier mais en grinçant des dents, en ahanant, en exprimant par instants une plainte rauque.

L'abbé Ferney apparut soudain au milieu du groupe déchaîné et sa voix domina le tumulte.

– Misérables ! clama-t-il, allez-vous cesser !

Plusieurs se reculèrent et s'arrêtèrent de frapper. D'autres, emportés par la passion, continuèrent à taper sur le malheureux. Le jeune curé les repoussa rudement les uns après les autres, les maintint à distance en étendant ses bras en croix.

– Vous n'avez pas honte de battre cet infirme ! dit-il d'une voix véhémente.

Ils furent un certain nombre à baisser la tête, pas très fiers de leurs gestes.

– Vous ne croyez pas qu'il méritait une correction après ce qu'il a fait ?

C'est l'éleveur de porcs qui venait de parler. Plusieurs l'approuvèrent en criant :

– Oui ! Oui ! Il la méritait !

– S'il est coupable, ce n'est pas à vous de rendre la justice ! affirma le prêtre tout en aidant le débile à se relever.

Yvonne Mouget venait d'arriver à son tour au centre du cercle. Elle se précipita vers son fils.

– Mon Dieu ! Mon Dieu ! Que t'ont-ils fait, les monstres ?…

Jeanjean avait la face toute tuméfiée. Deux de ses dents étaient cassées. Il avait une blessure ouverte au bras droit. Le sang ruisselait jusque sur sa main et coulait de ses doigts comme s'il s'agissait de petites fontaines. La fermière s'empressa de lui faire un garrot à l'aide d'un mouchoir.

Ils revinrent ensuite à petits pas vers la maison. Le simplet, plié en deux par la douleur, marchait avec difficulté. Il paraissait terrorisé et, entre ses larmes, regardait à droite et à gauche d'un air traqué comme s'il s'attendait à recevoir de nouveaux coups.

La foule s'était apaisée. Elle venait de s'écarter pour les laisser passer. Si certains maugréaient encore, c'était entre leurs dents. Une femme offrit même son mouchoir pour éponger le sang qui continuait de couler sur la main du blessé. Yvonne Mouget la repoussa d'un geste sec.

Juste au moment où ils sortaient du parc, une voiture franchit le portail et vint s'arrêter au milieu de la cour. C'était l'Estafette de la gendarmerie de Chaussin. Le chef Galtier en descendit, suivi du maire de Rabron. La maîtresse de « La Rouvière » les vit se rapprocher avec soulagement. Elle pensa qu'avec eux Jeanjean serait en sécurité…

CHAPITRE XI

L'ARRESTATION DE JEANJEAN marqua pour Yvonne Mouget le début d'un nouveau calvaire. Elle entra dans un tunnel sans fin, plus noir, plus angoissant que ceux qu'elle avait traversés depuis vingt-cinq ans. Elle y avança solitaire, inquiète, humiliée, prise dans le grand vertige qui suit les désastres. D'autres, effrayés par la profondeur d'une telle détresse morale, excédés par le poids d'une existence désormais sans espoir, auraient abandonné la lutte. Ils se seraient couchés pour mourir plutôt que de poursuivre une route à ce point semée d'épreuves et de désolation. La fermière de « La Rouvière », mue par la force de l'habitude, continua au contraire à progresser.

Semblable à une bête fauve engagée dans le dédale d'un piège à labyrinthe, qui donne des dents et des griffes contre la paroi pour recouvrer sa liberté, elle se débattit de toutes ses forces pour en sortir. Pendant des mois, une seule idée hanta ses jours et ses nuits, tourna à l'obsession, presque à la folie : faire éclater la vérité ! Faire reconnaître l'innocence de Jeanjean !

Presque tous les autres le croyaient coupable. Il s'en était même trouvé pour soutenir la thèse de Jacky Aubry. Pour affirmer qu'ils avaient reconnu le débile au moment où il quittait soi-disant les lieux du sinistre. Or, Yvonne Mouget savait que ces dépositions étaient ou erronées ou mensongères. Si Jeanjean avait découché la nuit du dernier incendie, peut-être eût-elle douté de son innocence. Mais il n'avait pas quitté sa chambre. En toute autre circonstance, si elle n'avait pas été sa mère, ce témoignage eût suffi à disculper le simplet.

En dépit des affirmations véhémentes et désespérées de la veuve, Jeanjean avait été mis en état d'arrestation. Après un bref passage à la brigade de gendarmerie de Chaussin, puis dans une infirmerie où on avait pansé ses plaies, il avait été présenté au procureur de la République de Dole. Le soir même, le débile était interné à l'hôpital psychiatrique de Saint-Ylie. Ainsi se trouvait annihilée l'action de la justice. Le cas de l'incendiaire Jean Mouget devenait désormais du seul ressort de la médecine des aliénés.

Pendant des mois et des mois, la veuve avait fait le siège des autorités, plaidé la cause de son fils, tenté de démontrer que non seulement il n'était pas coupable mais que sa déraison était inoffensive. Au début, on l'avait écoutée avec une certaine compassion, puis, bien vite, on s'était gaussé d'elle. On ne l'avait plus reçue. Elle en avait appelé au député de l'arrondissement, au président de la République. Sans résultat. Par souci d'objectivité une contre-expertise avait eu lieu. Ses conclusions avaient été les mêmes que celles du docteur de Saint-Ylie. Jeanjean était profondément atteint. On ne pouvait le remettre en liberté car il risquait de recommencer ses incendies criminels.

Que pouvait dire la pauvre femme après l'énoncé d'un verdict aussi implacable ? Avec quels arguments eût-elle contredit ces sommités médicales ? Comment serait-elle parvenue à arracher son fils des griffes d'une administration encore plus fermée, plus impénétrable que la justice ? Ici, point d'avocats, point de jurés compréhensifs. Un monde feutré, anesthésié, qui ne donnait prise à aucun reproche. Vingt fois au moins depuis l'internement de Jeanjean, elle avait entendu la même antienne :

– C'est pour son bien. Madame, il faut vous résigner à ce qu'il reste ici longtemps, très longtemps... Il mange bien, il est en bonne santé. Nous essayons de l'occuper à de menus travaux manuels... Pourquoi voulez-vous que nous risquions de le remettre au contact des personnes et des lieux qui lui ont inspiré ses mauvaises idées ? La rechute serait inévitable. D'ailleurs, il ne demande pas à sortir...

Et c'était vrai. Deux fois par semaine, Yvonne Mouget se rendait à l'asile. Elle passait un long instant avec Jeanjean. Chaque fois qu'elle le voyait arriver en compagnie d'un infirmier, dans le long couloir qui conduisait au parloir, son cœur se mettait à battre frénétiquement. Elle espérait toujours que le débile se précipiterait dans ses bras, la couvrirait de baisers comme autrefois. Lui dirait : « Je veux partir avec toi ! Retourner à “La Rouvière” ! » Or, il ne disait jamais rien de tel. Elle le voyait s'approcher, immense et gauche dans son costume de malade un peu trop court pour lui. Sur son visage errait une expression stupide, égarée, inhumaine, l'air hébété des êtres qui ont dépassé la possibilité de se révolter.

Elle l'embrassait, disait : « Bonjour Jeanjean. » Lui, répondait après une hésitation : « Bon... ou... an... an... » Comme un écho. Elle ne savait pas si dans son esprit cela voulait dire « Bonjour maman » ou s'il ne faisait que répéter sa phrase.

C'était tout. Ensuite, pendant deux heures, le débile ne prononçait plus un seul mot. Comme s'il avait oublié tout ce qu'elle lui avait appris autrefois.

C'est elle qui se mettait alors à parler. Patiemment, par petites phrases courtes, imagées, elle racontait la vie de « La Rouvière », donnait des nouvelles de Félicie, de Louis, des ouvriers espagnols. Elle parlait aussi des bêtes, du tracteur, des labours, des semailles... Elle espérait éveiller ainsi l'attention de Jeanjean. Faire revivre dans sa pauvre cervelle les images du monde qu'il avait connu avant son internement. Elle eût bondi de joie s'il lui avait dit : « Jeanjean veut aller... » S'il lui avait signifié ainsi qu'il en avait assez de cette prison dorée où on l'avait injustement enfermé.

Mais il ne disait rien de semblable. Il restait sagement assis sur son banc, le dos contre le mur ripoliné. On aurait dit qu'il s'était intégré au décor, comme la table, comme les sièges. Un objet sans âme.

Cette indifférence serrait tellement le cœur de la mère qu'un jour, pour essayer de le faire sortir de son ghetto mental, elle lui avait parlé de Christine Bonin.

– Tu sais, Jeanjean, j'ai vu Christine… Elle t'envoie le bonjour. Elle t'aime bien…

C'était un pieux mensonge. Yvonne Mouget n'avait jamais revu la jeune fille depuis leur entrevue dramatique. Elle savait seulement que la Bonin avait eu un enfant, un petit garçon, après l'internement du débile. Un enfant né de père inconnu. Jacky Aubry qui avait cessé de la fréquenter, sur la pression de ses parents, n'était pas responsable de cette naissance illégitime. Beaucoup d'autres lui avaient succédé dans la couche de Christine. Elle eût sans doute été bien en peine de dire lequel de ses nombreux amants était le père du bébé. Elle continuait d'habiter la maison de La Sablonne et vivait aux crochets du braconnier. Celui-ci était très fier de son petit-fils auquel il avait confectionné un berceau en osier. On racontait aussi qu'il allait dans les pâtures pour traire nuitamment les vaches afin de le nourrir.

La fermière s'attendait si peu à la réaction du simplet qu'elle resta bouche bée en voyant l'effet produit par la boutade qu'elle venait de lancer.

À peine eut-elle achevé sa phrase qu'il se leva d'un bond, comme s'il avait reçu une décharge électrique à travers le corps. Une extrême pâleur s'étendit sur ses traits, tandis qu'un éclair fulgurant passait dans son regard.

CHAPITRE XI

– Christine aime Jeanjean ?…

Il avait prononcé cette phrase avec une étonnante clarté. Sans accrocher sur les mots, en y mettant le ton. Mais ce fut surtout la joie peinte sur son visage qui avait édifié la veuve. Une joie explosive, irraisonnée. Un point de lumière s'était mis à voyager dans ses yeux, tandis qu'un sourire irréel, au bord de l'extase, éclairait son visage. Dès cet instant, elle comprit que Jeanjean n'avait pas perdu l'usage de la parole. Il jouait la comédie en restant silencieux. C'était une attitude d'opposition, d'autodéfense contre l'univers psychiatrique auquel il refusait de s'intégrer.

Yvonne Mouget était restée un long instant silencieuse, incapable de parler, ne sachant pas si elle devait s'enferrer dans son mensonge ou faire marche arrière. Le débile finit par remarquer son embarras. Avec une prescience étonnante, il devina qu'elle ne lui disait pas la vérité. Une transformation inverse s'était alors opérée sur ses traits. Elle avait vu retomber sa joie avec la même rapidité qu'elle était éclose. Il s'était assis, enfermé à nouveau dans un mutisme total. En dépit de tous ses efforts ultérieurs, elle n'était pas parvenue à l'arracher à cet univers de silence et de douleur où il errait à l'intérieur de lui-même.

Depuis lors, chaque visite à l'asile se déroulait dans le même climat. À plusieurs reprises, elle avait essayé de reparler de Christine Bonin. Mais cette finesse avait fait long feu. Jeanjean n'avait pas réagi. Seuls, ses yeux sans larmes qui ne regardaient nulle part avaient exprimé son désespoir infini, une souffrance intérieure dont rien ne semblait pouvoir désormais avoir raison.

Le médecin de l'hôpital prétendait que cette prostration était le signe d'une aggravation de son état. Il eût été extrêmement dangereux de le relâcher. La pauvre femme avait une nouvelle fois opposé au diagnostic impitoyable de l'homme de science les arguments que lui dictait son amour maternel. Elle avait deviné que le mutisme de son fils n'était qu'une manière de révolte. Une forme de protestation contre la vie recluse qu'on lui faisait mener. S'il avait pu revenir librement à « La Rouvière », elle était persuadée qu'il y eût repris une existence paisible, sans causer de tort à personne. Mais on ne l'avait pas écoutée. Jeanjean était resté enfermé et elle-même avait continué de mener sa vie sans joie.

Pendant des mois et des mois, elle s'était débattue, solitaire, contre les affres de cet horrible cauchemar. Son angoisse avait souvent atteint les limites du désespoir. Elle avait même cessé d'implorer l'aide de Dieu, se demandant parfois s'il ne l'avait pas abandonnée pour toujours à son triste sort.

Pourtant, la hantise de la vérité la tenaillait avec une telle intensité, le désir de la faire éclater était si ancré en elle, qu'envers et contre tout elle continuait de poursuivre son combat apparemment sans espoir. Elle luttait pour faire reconnaître l'innocence de son enfant. Elle tentait démarche après démarche auprès des autorités, sans se laisser rebuter ni par les refus ni par les affronts.

Au printemps qui avait suivi l'internement de Jeanjean, elle avait même trouvé un allié inattendu dans cette bataille. Très paradoxalement en la personne d'un homme qu'elle croyait dans le camp de ses ennemis. Un jour qu'elle s'était rendue une nouvelle fois à la brigade de gendarmerie de Chaussin, le chef Galtier lui avait avoué :

– J'ai beaucoup pensé à l'affaire de votre fils, cet hiver, madame Mouget. En dépit de tout ce qui l'accable, je ne crois pas à sa culpabilité…

En entendant ces mots, la veuve avait senti son cœur exploser dans sa poitrine. Elle n'avait pu retenir ses larmes.

– Merci monsieur ! s'était-elle écriée. Vous ne pouvez savoir à quel point ce que vous venez de me dire me réconforte. Jusqu'ici, j'étais seule à croire en l'innocence de Jeanjean et personne ne voulait m'écouter. À présent, vous allez dire votre intime conviction à ceux qui ne veulent rien entendre. Leur faire part de vos doutes. Pour qu'ils relâchent mon innocent !...

À l'expression gênée qui s'était peinte sur le visage de son interlocuteur, elle avait compris à quel point ses espoirs étaient prématurés.

– Je ne peux rien faire pour lui, du moins pour l'instant, avait expliqué le gendarme. Il faudrait des preuves à sa décharge pour qu'on le libère. Or, nous n'en possédons pas. D'autre part, il vaut mieux qu'il ne revienne pas tout de suite au pays. Les esprits sont toujours très montés contre lui. Certains chercheraient à se venger. Il n'y serait pas en sécurité.

Désespérée, Yvonne Mouget s'était remise à pleurer.

– Ça ne finira donc jamais ? Jamais… Par instants je suis si malheureuse… Cette injustice me révolte tant que je me sens devenir folle ! Je me demande si, à la longue, on ne m'internera pas à mon tour comme mon fils !... Si je ne me détruirai pas ?

Le chef avait hoché la tête.

– Il faut continuer à prendre votre mal en patience, madame Mouget. Je sais que c'est très dur. Si cela peut vous réconforter, je vous le répète, sachez que je partage votre opinion : Jeanjean n'est pas coupable !

– Alors pourquoi ne le criez-vous pas ? Pourquoi ne le faites-vous pas savoir à tous ceux de Rabron qui ont calomnié mon pauvre petit ?

– Parce que ça ne servirait à rien. Ce n'est encore qu'une hypothèse personnelle. Elle n'est pas étayée par des faits solides. Il y a hélas contre Jeanjean toutes sortes de circonstances malheureuses. Il y a aussi les dépositions des témoins qui ont affirmé l'avoir reconnu sur les lieux du dernier sinistre.

– Mais c'est faux ! Vous savez bien que c'est faux !

– Moi oui, mais pas les autres. Il reste à leur prouver qu'ils se sont trompés ou qu'ils ont cherché à égarer la justice. C'est la raison pour laquelle il faut continuer à patienter, à attendre…

– Attendre quoi ? avait questionné la veuve.

– Que le véritable incendiaire se manifeste à nouveau. C'est notre seule chance de faire éclater la vérité.

Depuis l'internement du débile, aucun autre incendie ne s'était produit à Rabron. Cela confirmait les accusations portées contre lui. On pouvait croire que les feux mis avaient cessé parce que l'incendiaire était désormais hors d'état de nuire. Yvonne Mouget elle-même était troublée par cette coïncidence. Elle pensait que le vrai criminel préférait laisser croire en la culpabilité de son fils plutôt que d'attirer à nouveau par ses actes l'attention des enquêteurs. Galtier lui avait fourni l'amorce d'une autre explication.

– Si mes déductions sont exactes, avait dit le gendarme, l'incendiaire ne se manifestera pas avant l'été prochain.

– Pourquoi ?

– Parce que c'est l'époque où les pyromanes sont le plus enclins à commettre leurs actes.

Un fol espoir avait fait battre le cœur de la maîtresse de « La Rouvière ». Il y avait plus qu'un sous-entendu dans ces propos de Galtier. Il devait avoir des soupçons. Elle avait cherché à en savoir plus.

– Vous... Vous avez une piste ? avait-elle balbutié d'une voix tremblante.

– Oui... je crois en tenir une. Mais elle est encore bien fragile. Je préfère ne pas en parler.

– Oh ! monsieur, s'était écriée Yvonne Mouget, je vous en supplie, tentez l'impossible ! Je suis prête à vous donner tout ce que je possède afin de démasquer l'homme qui laisse injustement accuser mon fils. Jusqu'à présent, j'étais la mère d'un pauvre d'esprit. On me plaignait plus qu'on ne me blâmait. À présent, on me considère comme la mère d'un criminel. Je n'ose même plus parler aux gens du pays tellement je sens de reproches dans leurs regards. Certains me tournent ostensiblement le dos avec mépris. D'autres me demandent de les dédommager des préjudices qu'ils ont subis. Ils m'accusent de mauvaise foi lorsque je dis que Jeanjean n'est pas coupable. Vous ne pouvez pas savoir ce que c'est que de vivre un tel calvaire…

– Si, madame, je comprends votre peine. Je sais à quel point le destin a été injuste envers vous. C'est la raison pour laquelle je mettrai tout en œuvre pour prouver l'innocence de Jeanjean. Ayez confiance !

Ce jour-là, la fermière avait quitté la brigade de gendarmerie de Chaussin avec un meilleur moral. Elle s'était remise à espérer. Là-bas, tout au bout de son tunnel, une petite lumière encore bien ténue venait de s'allumer. Elle allait désormais faciliter sa marche tâtonnante vers la vérité.

Le printemps passa sans rien apporter de nouveau. Puis ce fut l'été. Un mois de juin aussi ensoleillé que celui de l'année précédente. Dans l'attente de l'événement qui ferait rebondir l'affaire, pour oublier son angoisse, la maîtresse de « La Rouvière » se tuait au travail. Cette nouvelle moisson serait encore plus belle que toutes les autres. Ses champs de céréales étaient les plus prometteurs de la région. En bataillons serrés, les tiges fléchissaient sous des millions d'épis aux grains lourds. Elle pouvait espérer une récolte exceptionnelle.

En raison des travaux agricoles, Yvonne Mouget avait espacé ses visites à l'asile. Elle éprouvait toujours un profond malaise en s'y rendant. Le spectacle que lui offrait Jeanjean n'était pas fait pour la rasséréner. Elle se demandait si le pauvre garçon ne la rendait pas responsable de son emprisonnement. Il avait beaucoup maigri. Il ne se plaignait pas plus qu'avant, mais ses yeux étaient pleins de reproches muets. Elle ne savait plus quoi dire en sa présence et essayait de lui mentir pour tenter de lui redonner confiance. Elle passait parfois deux longues heures à côté de lui sans prononcer un seul mot. Elle n'osait même pas le regarder en face tant son regard la bouleversait. Le chagrin rendait secs les grands yeux du simplet. La souffrance morale leur donnait une expression de totale vacuité. On eût dit qu'il ne voyait rien autour de lui. Qu'il n'avait conscience de rien.

Si ces visites à l'hôpital psychiatrique étaient devenues une pénible corvée pour la fermière de « La Rouvière », l'attente des événements qui devaient se produire, selon Galtier, était encore plus éprouvante. Chaque nuit tombait non seulement sur sa peine, sur sa solitude, mais aussi sur son impatience. Malgré son extrême fatigue, elle restait éveillée le plus longtemps possible, prêtant l'oreille au moindre bruit venu de l'extérieur. Avant de s'endormir, elle se mettait même à prier pour que s'accomplisse le tragique processus que le gendarme prévoyait. Avec la douloureuse inconscience de ceux qui souffrent, elle priait pour qu'un nouvel incendie se déclare.

La nuit où le tocsin se remit à sonner lugubrement pour l'annoncer, elle s'agenouilla et remercia Dieu. Elle déchanta dès le lendemain matin. C'était une grange à foin qui avait grillé. On imputa le sinistre à la fermentation du fourrage. Personne n'émit l'hypothèse qu'il pouvait s'agir d'un nouvel incendie criminel. Pour Yvonne Mouget, l'attente recommença, une attente morbide, désespérante.

Au deuxième incendie, lorsque le feu prit, à minuit, dans une vaste pièce de blé mûr en plein milieu du Finage, les habitants de Rabron, catastrophés, comprirent que le cauchemar de l'année précédente venait de recommencer.

Galtier rendit visite à la fermière. Il avait vu juste. Le retour des grosses chaleurs du plein été avait ranimé le funeste penchant du pyromane.

À présent, il était prévisible que chaque semaine il bouterait le feu quelque part.

– Le dénouement est proche, madame ! s'était exclamé le gendarme. Je vous jure que cette fois je démasquerai le vrai coupable !

Il tint parole. À tour de rôle, sans se faire repérer, les hommes de la brigade de Chaussin firent la planque autour du village. Une nuit, ils remarquèrent qu'une ombre quittait subrepticement Rabron et s'engageait à travers champs. Ils suivirent la silhouette suspecte à distance. De loin, à la jumelle, ils virent que l'individu enflammait une torche de papier et mettait le feu à la moisson. Sans se douter qu'il venait d'être surpris en pleine action, l'incendiaire revint en courant vers le pays. Les gendarmes le cueillirent au passage.

Galtier eut alors la confirmation que ses soupçons étaient exacts. L'année précédente, avant l'arrestation de Jeanjean, au cours d'une enquête de routine, il avait envoyé des demandes de renseignements concernant tous les non-résidants de Rabron. Il y avait une quinzaine de personnes sur la liste. Principalement des vacanciers qui logeaient soit chez des membres de leur famille, soit dans d'anciennes demeures paysannes transformées en résidences secondaires.

CHAPITRE XI

L'un de ces étrangers au pays s'appelait Gabriel Braucourt. Il avait une trentaine d'années, il était célibataire, issu d'une très bonne famille. Son père tenait un cabinet d'expertise-comptable à Paris et il travaillait avec lui. Chaque été, les Braucourt, soit cinq personnes, les parents, la fille aînée, son mari et le frère, venaient passer les mois de juin et juillet dans l'ancien moulin désaffecté qu'ils avaient merveilleusement restauré. Les trois hommes étaient des pêcheurs acharnés qui pratiquaient leur sport dans tous les cours d'eau de la région. Mais ces gens-là ne s'étaient guère intégrés au village. Les femmes Braucourt tenaient leurs distances avec les habitants de Rabron. Ceux-ci les trouvaient fières.

Le rapport concernant les Parisiens causa un véritable choc au chef Galtier lorsqu'il en prit connaissance vers la mi-septembre. Selon les renseignements transmis par la préfecture de police, le fils Braucourt avait été soupçonné, une dizaine d'années plus tôt, d'avoir mis le feu à une forêt de pins, dans les environs de Draguignan. La note précisait que l'enquête menée à l'époque par le parquet n'avait pu aboutir faute de preuves…

Le rapprochement entre cette vieille affaire et la série des incendies de Rabron se fit immédiatement dans l'esprit de Galtier. Mais il était trop tard pour agir. Gabriel Braucourt et sa famille avaient quitté leur maison pour rentrer à Paris vers le 15 août. Il eût été hasardeux de faire interroger le pyromane présumé par les policiers de la capitale. D'une part, ils ne connaissaient pas le contexte des événements qui venaient de se dérouler, d'autre part, les témoignages accumulés contre Jeanjean offriraient beau jeu au suspect de se disculper.

Malgré son impatience, malgré son désir de venir en aide moralement à la fermière de « La Rouvière », le gendarme décida de garder le silence et d'attendre l'année suivante pour passer à l'action.

Son expectative ne fut pas vaine. Pris en flagrant délit, Gabriel Braucourt avoua qu'il était l'auteur de tous les incendies criminels commis à Rabron depuis le mois de juin l'année précédente. Il expliqua que, périodiquement, durant la nuit, une force mystérieuse et impérieuse le poussait à mettre le feu. Il éprouvait une intense jouissance à voir les flammes tourbillonner dans les ténèbres.

Pas plus que Jeanjean, le pyromane ne fut emprisonné. Son père obtint qu'il fût interné dans une maison de santé de la région parisienne.

CHAPITRE XI

L'annonce de cet épilogue extraordinaire fit sensation à Rabron. Ceux qui avaient chargé Jeanjean lors de leur déposition tentèrent de se justifier en faisant remarquer que le vrai coupable avait presque la même carrure que le débile. En pleine nuit il était facile de les confondre. Ce rebondissement de l'affaire donna à l'abbé Ferney l'occasion d'un beau sermon où il fit état de la fragilité des témoignages humains. Il raconta aussi avec quel courage, quelle dignité Yvonne Mouget avait fait front à l'adversité. Il termina sa péroraison en disant que Dieu n'abandonnait jamais ceux qui luttent pour une juste cause et croient en sa miséricorde.

En l'entendant, beaucoup pleurèrent. Beaucoup se sentirent fautifs d'avoir tourné le dos à cette femme admirable. Tout le village tenta de réparer ses torts et fit assaut de gentillesse envers la veuve.

La fermière eut bien besoin de ces témoignages de sympathie pour affronter la nouvelle déception qui l'attendait.

Alors que logiquement Jeanjean aurait dû être relâché le jour même où le véritable coupable venait d'être démasqué, on le garda enfermé. À sa mère venue à l'asile avec le ferme espoir de le ramener avec elle à « La Rouvière », il fut répondu d'une manière très officielle que l'évolution de l'enquête ne changeait rien à la situation de son fils. Contre lui, on retenait toujours l'agressivité qui l'avait poussé à s'attaquer à Jacky Aubry et à Christine Bonin. De plus, il était encore sous traitement médical. Tant que celui-ci ne donnerait pas de résultats positifs, tant qu'il resterait replié sur soi-même dans un mutisme quasi absolu, on ne pourrait pas parler de guérison.

Telle fut la triste nouvelle que la fermière rapporta à Rabron. À nouveau, le vertige s'empara d'elle. Elle fut en proie à la même angoisse. Elle eut l'impression que tout était à recommencer. Après avoir déjoué mille embûches, franchi mille obstacles au prix d'efforts inouïs, elle se retrouvait au même point. Face à un mur d'indifférence et d'incompréhension. Elle sut que cette épreuve serait la plus difficile à surmonter.

Tout allait dépendre de Jeanjean. De la façon dont il réagirait. De la volonté qu'il aurait de se guérir…

CHAPITRE XII

JEANJEAN VIENT DE SORTIR du sommeil à la pointe de l'aube, au moment où la lumière grisâtre d'un matin d'avril pluvieux se met à filtrer à travers les fenêtres grillagées du dortoir. C'est une habitude. Depuis toujours, il se réveille au lever du jour. Autrefois, à la ferme, il bondissait hors de sa couche et descendait en trombe à la cuisine où Félicie ne tardait pas à le rejoindre pour lui préparer son petit déjeuner.

Aujourd'hui, le programme est fort différent. Dans la vaste chambrée, nul n'a le droit de bouger avant que l'infirmier de service ne vienne claquer des mains en proclamant de sa grosse voix :

– Allez debout ! Tout le monde debout !

En attendant ce signal, le fils d'Yvonne Mouget va rester allongé un long instant encore, à plat sur son lit. Les yeux grands ouverts, il regardera, sans le voir, le plafond blanc. Autour de lui, les autres malades continueront à ronfler, à divaguer tout haut dans leurs rêves incohérents. Il ne les entendra pas, absorbé par ses propres fantasmes.

Depuis combien de temps est-il interné ? Il l'ignore totalement. Pour la seule raison qu'il ne sait pas compter. De savoir qu'il est enfermé depuis déjà vingt et un mois dans cet asile ne lui apprendrait d'ailleurs pas grand-chose. Ici, le temps ne compte plus. Le calendrier n'a aucun sens. Les saisons, les années passent sans que personne ne s'en aperçoive. Chaque journée a le même rythme, s'écoule selon un rite immuable. Beaucoup, parmi les pensionnaires de l'établissement, se laissent engluer dans ce marais, ne réagissent plus. Ils se complaisent dans cet univers aux règles conventuelles qui les met à l'abri des agressions de la civilisation. Ils n'éprouvent plus le besoin d'en sortir. Ceux qui s'y risquent parfois sont souvent déçus. Pauvres négations jetées au vent du monde, ils ont bien du mal à refaire surface.

Jeanjean n'a sombré qu'en apparence dans l'inertie morbide qui caractérise le comportement de ses compagnons d'infortune. Il affecte le plus grand calme, la plus parfaite docilité, mais ce n'est qu'une attitude trompeuse. En réalité, pas un seul instant depuis qu'il est à l'hôpital, il n'a cessé de songer à s'évader. Cette idée flambe en lui, dans les profondeurs de son subconscient, le brûle comme la marque d'un fer rouge. Pourtant, personne ne devine cette aspiration. Dès le premier jour de son internement, il a compris qu'il ne pourrait compter sur aucune aide pour briser ses chaînes. Pas même sur celle de sa mère. Il a appris à se méfier de tous ceux qui l'entourent, médecins, infirmiers et aussi des autres malades.

Jeanjean a adopté cette attitude dès le lendemain de son entrée à Saint-Ylie. Malgré le temps, il n'a pas oublié ce qui s'est passé le jour de son arrivée. Il revit bien souvent cet événement en pensée, et cela l'incite à redoubler de prudence.

Après son bref interrogatoire dans le cabinet du juge d'instruction, on l'avait en effet conduit directement à l'asile. Dans l'Estafette Jeanjean n'avait pas bronché. Il adorait rouler en automobile. C'est en arrivant dans la cour de l'établissement que les choses avaient changé. On lui avait enlevé ses menottes avant de le faire descendre. Ses mains engourdies s'étaient remises à vivre. C'est alors que les infirmiers s'étaient approchés. Il les voyait pour la première fois. Les deux hommes en blouse blanche l'avaient impressionné. Pris d'une brusque panique, il avait cherché à s'enfuir. Il s'était même placé un instant sous la protection des gendarmes. Il n'éprouvait aucune animosité à leur égard, ceux-ci ne lui avaient fait aucun mal et l'avaient au contraire arraché à la meute vengeresse des habitants de Rabron.

– Jeanjean veut partir ! avait-il dit à Galtier.

– Tout à l'heure Jeanjean... Tout à l'heure, avait répondu le chef pour s'en débarrasser. Ta maman va venir te chercher...

Les deux représentants de la maréchaussée s'étaient empressés de remonter dans leur camionnette et de démarrer. Pendant ce temps, les blouses blanches s'étaient rapprochées du débile.

– Viens avec nous Jeanjean ! avait ordonné le plus âgé des infirmiers, un homme aux cheveux gris, au nez cassé comme les anciens boxeurs.

En sentant une main se poser sur son épaule, le simplet avait commencé à se débattre. Il s'était mis à faire des moulinets avec ses grands bras. Non sans peine, les deux hospitaliers étaient finalement parvenus à le maîtriser, à l'entraîner à travers la cour, puis à l'intérieur d'un bâtiment.

Enfin maté, Jeanjean avait profité d'un moment d'inattention de ses gardiens pour se dégager et pour s'enfuir. Une course effrénée avait commencé à travers les couloirs. Rejoint dans une espèce de cul-de-sac, le fils d'Yvonne Mouget s'était défendu avec l'énergie du désespoir. D'un seul coup de ses énormes poings, il avait assommé le premier infirmier et obligé le second à battre prudemment en retraite. L'alerte ayant été donnée, plusieurs autres membres du personnel étaient arrivés à la rescousse. Quelques minutes plus tard, submergé par le nombre, Jeanjean avait été coiffé de la camisole de force et entraîné par des bras solides.

Il ne se souvenait plus très bien de ce qui s'était passé par la suite. Il s'était réveillé la bouche pâteuse après un temps indéterminé, entravé sur un lit par des sangles.

Jeanjean avait compris. On l'avait trompé. Non seulement sa mère n'était pas revenue le chercher comme les gendarmes le lui avaient promis, mais, en plus, sa tentative de révolte s'était soldée par un échec et cette cruelle punition.

Ce matin, le débile vient de songer à nouveau à cette scène. Il se sent gagné par le même malaise qu'il y a vingt et un mois. Il éprouve une peur panique à l'idée qu'il pourrait subir encore ce traitement. C'est pour cela qu'il est devenu l'un des malades les plus dociles de l'établissement. Il n'est plus jamais excité. Il se lève quand on le lui demande, mange ce qu'on lui donne, avale tous les médicaments, subit sans broncher les séries de piqûres. À l'atelier, il fait preuve de bonne volonté et s'applique à accomplir les menus travaux qu'on lui fait faire avec du bois, du carton ou du fil de fer.

Jeanjean serait un malade modèle pour les médecins de l'hôpital s'il était un peu plus bavard. Or, il ne dit jamais rien. Il ne prononce pas un seul mot, ni en présence des médecins ni avec les infirmiers. Il ne parle pas plus aux autres internés. C'est comme s'il avait perdu l'usage de la parole.

Jeanjean voit bien que son mutisme intrigue ceux qui le soignent. Parfois, ils l'emmènent dans un grand bureau. Ils le font asseoir sur un fauteuil et se mettent à plusieurs pour lui poser des questions. Ils essaient littéralement de lui arracher les mots de la bouche. Le vieux médecin est entouré de garçons plus jeunes, et même d'une femme. Il y en a un qui a des grosses lunettes et des moustaches qui le font ressembler à un poisson-chat. Jeanjean les regarde en les écoutant mais ne desserre pas les dents. S'il parlait, ce serait pour dire :

– Je veux partir !

Il sait qu'ils ne seraient pas contents. Ils l'attacheraient sans doute à nouveau sur un lit. Alors il préfère se taire. Ensuite, les choses se déroulent toujours de la même façon. Les hommes de science se mettent à discuter entre eux. Ils prononcent des mots et encore des mots compliqués. Les plus jeunes écrivent sur des blocs de papier, puis un infirmier le ramène dans la grande salle où se tiennent les autres malades. Jeanjean se sent soulagé. Il a gagné encore une fois. Il n'a rien dit. Personne n'a deviné son secret.

Les paroles qu'il ne dit pas aux médecins, le débile se les prononce à lui-même lorsqu'il est seul. Il les chuchote à son oreiller quand il ne dort pas. Syllabe par syllabe, il murmure des mots simples, en laissant s'écouler plusieurs dizaines de secondes entre chacun d'eux. Il articule lentement : la poule – le lapin – le tracteur – la bicyclette – le Doubs… avec les mêmes intonations didactiques que sa mère employait autrefois pour lui faire entrer ce vocabulaire rudimentaire dans la tête.

Chaque fois qu'il prononce ces mots, une image resurgit dans sa mémoire. Il revoit la ferme, les animaux, les prés, les champs. Il revoit Les Goudots avec les gravières et la Loue qui miroite au soleil, la ligne tremblante des peupliers parant l'horizon de sa dentelle mobile. Il entend le ramage paresseux des courlis, la plainte des vanneaux, le chantonnement de la brise dans les roseaux. Il s'évade en pensées et retourne dans ce vert paradis où il a passé autrefois tant de journées heureuses.

– Debout ! Tout le monde debout !

C'est toujours la voix rude de l'infirmier de service qui le tire de sa longue rêverie pour le replonger dans l'univers grisâtre de l'asile.

Recommence alors le train-train d'une existence recluse et sans joie. Lavabos, réfectoire, atelier, promenade en rond dans le parc. Des grilles, des grillages, des barrières, des murs, toujours des murs. Jamais un seul instant de solitude en dehors du lit. Des blouses blanches dans tous les couloirs. Des hublots dans toutes les portes pour épier ce que font les internés.

Jeanjean supporte mal cet espionnage permanent. Il a encore plus de peine à se faire à la compagnie des autres malades. Ils sont des dizaines et des dizaines. Ils sont si nombreux qu'il n'arrive pas à les identifier. Des grappes d'êtres humains aux visages anonymes teintés de la même résignation, de la même insignifiance. Il y en a des grands, des petits, des gros, des maigres. Ceux qui monologuent à longueur de journée. Ceux qui se taisent comme lui. Ceux qui piétinent sur place. Ceux qui crient, qui gesticulent. Ceux qui bavent. Ceux qui s'approchent sournoisement pour le pincer, pour lui donner des coups de pied vicieux. Ceux qui se mettent à pleurer. Ceux qui frappent leur front contre les montants de leur lit. Ceux qui poussent des hurlements en plein milieu de la nuit et qui font claquer des dents à tous les autres…

Cette pauvre humanité continue inlassablement de tourner en rond entre les hauts murs qui étouffent ses cris, calmée, anesthésiée par les cachets et les piqûres. Car on a tôt fait de réduire les turbulents à l'état de larves. De mater ceux qui cherchent à s'enfuir. Jeanjean en a fait à deux reprises la cruelle expérience. C'est pour cela qu'il accepte tout avec passivité.

À présent, il attend. Il a retrouvé cette vieille habitude qui ressemble à une espèce d'hibernation. C'est la même attitude qu'il affectait jadis à « La Rouvière », lorsque sa mère l'obligeait à rester à la ferme pendant la mauvaise saison. Il passait des jours et des jours devant la fenêtre à regarder tomber la pluie ou la neige sur la cour déserte. À ronger son frein en attendant le retour du soleil qui lui permettrait de repartir libre et joyeux vers Les Goudots.

Ici, à l'hôpital de Saint-Ylie, son hiver a duré plus longtemps que les autres fois. Mais il sait que le printemps reviendra bientôt. Un jour prochain, il franchira la porte de la cage pour s'envoler.

Durant un certain temps, Jeanjean a compté sur sa mère pour le tirer d'affaire. Bien qu'il ne le lui eût jamais avoué, il a toujours espéré, lors de ses visites, qu'elle venait le chercher. Chaque fois il a été déçu. Mais ce qui l'a le plus affecté, c'est en le trompant au sujet de Christine. Il s'est laissé prendre un instant à ce mensonge. Il est sorti de son mutisme, puis il a compris presque aussitôt qu'elle ne disait pas la vérité. Comment pourrait-il avoir confiance en elle à présent ?

Un autre incident l'a confirmé quelque temps après dans sa méfiance vis-à-vis de sa mère. Une histoire qui s'est mal terminée et pour laquelle il a payé durement une faute qu'il n'avait pas commise.

Un jour, Yvonne Mouget est arrivée à la visite avec les yeux rougis et un visage bouleversé. Elle s'est précipitée vers lui en pleurant :

– Mon petit !... Mon petit !... Cette fois ça y est !... Tout le monde sait que tu n'es pas coupable !... Un autre a avoué !...

Jeanjean n'a pas compris le sens de ces mots. Il a seulement réalisé qu'un événement allait se produire lorsqu'elle l'a pris par la main et entraîné à sa suite. Ensemble, ils sont sortis de la salle, ont traversé plusieurs couloirs, franchi des portes, longé des murs. Il faisait de l'orage ce jour-là, avec de la pluie et des éclairs. À plusieurs reprises, sa mère s'est arrêtée pour regarder devant eux avant de s'engager dans une cour. Grâce à cette avance prudente, ils n'ont croisé aucun infirmier. Enfin, après avoir suivi une allée semée de gravier, ils sont arrivés près du pavillon de l'entrée. Sans lâcher la main de son fils qui la suivait toujours docilement, Yvonne Mouget s'est précipitée sous le portail. À ce moment, une sonnerie a retenti à l'intérieur du bureau vitré. Un homme est sorti en trombe.

– Où allez-vous ?

– Je l'emmène à la maison ! a dit la mère.

– Vous avez le billet de sortie ?

– Non…

– Alors c'est défendu ! Rentrez !

– Mais, puisqu'il est innocent !

– Je vous dis de rentrer !

Comme le premier jour, lors de son arrivée à Saint-Ylie, les blouses blanches n'ont pas tardé à accourir et à les entourer. Sa mère s'est accrochée à son bras, s'est mise à hurler :

– Laissez-le partir ! Vous n'avez pas le droit de le garder à présent ! Il est innocent !

Une mêlée confuse a suivi. À nouveau, Jeanjean s'est senti gagné par une sorte d'ivresse. Il s'est mis à frapper, à cogner au hasard sur ceux qui tentaient de leur interdire la sortie. Il en a étendu deux en une fraction de seconde. Devant lui, la route était dégagée. La liberté ! Il s'est retourné. Sa mère était tombée par terre durant la bousculade. Il est revenu de quelques mètres en arrière pour l'aider à se relever. Tandis qu'il se baissait, les infirmiers l'ont saisi par le bras et immobilisé d'une clef impitoyable.

La suite, Jeanjean se la rappelle avec la même amertume que les événements qui se sont déroulés lors de son arrivée. Camisole de force, piqûre, cachets calmants, gouffre où il s'engloutit, s'englue corps et âme pendant un temps indéterminé.

Non, plus jamais ça !

Jeanjean libéré a compris qu'il n'obtiendra rien par la force. Ses gardiens sortiront toujours vainqueurs dans cette lutte inégale. Alors il redevient docile. Encore plus qu'avant. Un modèle de gentillesse et de tranquillité. Un exemple pour les autres malades.

Pourtant, ce calme n'est qu'une façade. Elle cache une réalité bien différente. Tout au fond de son être, il cèle un secret qui ne manquerait pas d'inquiéter les psychiatres qui continuent d'étudier son comportement.

Plus que jamais, il est décidé à s'évader. Mais cette fois, c'est la ruse qu'il emploiera pour quitter cet antre de l'effroi et de la désespérance. Dès qu'il le pourra, il sortira subrepticement de sa prison. Il retournera vivre dans le seul endroit où il sait qu'il retrouvera équilibre et bonheur. Il ira aux Goudots, là-bas, au confluent des trois rivières qui se marient sur les gravières, dans un perpétuel jeu d'ombres et de lumières.

Toujours muet, absent, exclu de la réalité, Jeanjean va poursuivre cette obsession pendant des jours et des jours. Jusqu'à ce matin pluvieux d'avril où le hasard lui offre l'occasion qu'il attendait.

Sans qu'il ait cherché à la provoquer, il se retrouve tout seul dans les lavabos. L'infirmier de service l'a oublié en faisant sa ronde. Les autres sont partis en rang pour le réfectoire. Il entend leur lourd piétinement qui s'éloigne. Jeanjean sort tranquillement des lavabos et rentre dans le dortoir. L'idée de s'enfuir n'a pas encore traversé son esprit. Ses réactions sont toujours très lentes. Il faut qu'il ait le temps de réfléchir avant d'agir.

C'est le silence soudain qui l'entoure dans cette vaste chambrée déserte, d'ordinaire toute vibrante du bourdonnement des malades, qui lui fait prendre conscience de sa solitude. Jamais depuis des mois il n'a éprouvé pareille sensation d'isolement. C'est comme un avant-goût de la liberté.

Cette fois, Jeanjean n'hésite plus. Il sort. D'abord dans le couloir. Il le traverse sur toute sa longueur sans rencontrer personne. Il franchit le vestibule avec la même aisance. Il pousse la porte vitrée. Il est dehors. Une pluie drue tombe d'un ciel assombri par d'énormes nuages. Il se met à courir sous l'averse. Il connaît le chemin de la sortie puisqu'il l'a emprunté avec sa mère quelques mois auparavant. Il adopte la même tactique pour progresser. Dès qu'il a atteint un bâtiment, il s'y adosse et épie ce qui se passe aux alentours avant de continuer. Heureusement, la pluie a fait fuir les importuns. La cour est déserte.

Le voilà en vue du pavillon de garde. C'est le dernier barrage. Le plus dur à franchir. Dissimulé derrière un massif, dans un recoin, il observe. Quelques infirmiers passent sous le portail. Il voit s'agiter des silhouettes à l'intérieur du bureau. L'averse redouble de violence. Jeanjean ne sait pas qu'il pleut ainsi depuis des jours et des jours. Il n'est vêtu que d'un pantalon, d'une chemise et d'un pull-over. L'eau imbibe peu à peu ses vêtements, ruisselle dans ses cheveux et, par son col, coule entre ses épaules. Il s'en moque. Pour l'instant, une seule chose l'intéresse, une seule question le préoccupe : comment va-t-il pouvoir traverser le portail sans attirer l'attention des gardiens ?

Soudain, la solution lui apparaît. Un camion arrive, ralentit et stoppe au milieu de l'entrée principale. Son chauffeur descend de la cabine pour aller demander un renseignement. Jeanjean comprend que c'est sa chance. Il bondit. En quelques enjambées, il atteint le portail. Il se glisse entre le mur et les ridelles du véhicule. Personne ne peut le voir depuis le bureau.

À présent, il est hors de l'enceinte de l'asile. Devant lui passe une route à grande circulation. Il juge qu'elle est trop dégagée, on repérerait facilement sa silhouette sur l'accotement. En face, par contre, une rue plus étroite descend entre deux maisons, l'une très grande, ceinte de grilles en fer, l'autre plus petite, clôturée par des barrières en bois blanc.

Jeanjean n'hésite plus. Il traverse la chaussée en trois bonds et s'engage dans la rue. Celle-ci descend avec une déclivité prononcée qui accélère encore la course du fuyard. La pluie tombe avec un bruit et une abondance de cataracte. Il ne s'en soucie pas. Il fonce, la tête en avant, ses deux grands bras lui servant de balanciers. La rue aboutit au centre d'un village. Une fraction de seconde, le débile se demande s'il ne serait pas prudent de rebrousser chemin. Mais il est trop tard pour battre en retraite. Il est déjà au milieu du pays. Entre les gouttes d'eau qui brouillent sa vue, il distingue des maisons, une voiture qu'il évite de justesse. Il n'a pas le temps d'en voir plus. Il est déjà sorti du village. Il franchit un petit pont, en repère un second dans le lointain. Il ne ralentit pas sa course, au contraire. Là-bas, il devine qu'il y a une rivière. Or, pour lui, la rivière, c'est la liberté.

Mais ce qu'il aperçoit soudain le déroute complètement. Il découvre une vaste étendue d'eau. Un véritable lac qui s'étend de part et d'autre du pont. Grossi par la fonte des neiges et les pluies incessantes, le Doubs a débordé. Il recouvre sous ses flots boueux un immense territoire d'où émergent seulement quelques bouquets d'arbres.

Jeanjean franchit le second pont toujours au même train d'enfer. La rivière s'étend bien au-delà des berges. Il doit courir encore sur près de deux cents mètres avant d'atteindre l'autre rive. Là, il hésite à nouveau. Doit-il bifurquer en amont ou en aval ? S'enfoncer au contraire plus avant dans la plaine déserte ?

Son instinct l'incite à rester près de l'eau, à suivre le courant, s'il veut arriver au cœur de son royaume.

CHAPITRE XII

Il dévale aussitôt le talus sans se soucier du sol fangeux qui le fait déraper, ni des buissons qui déchirent ses vêtements, il se lance dans une course échevelée en direction des Goudots. Il sait que le pays fabuleux dont il a rêvé durant des mois est désormais à sa portée. Là-bas, aux confins de l'horizon encrassé de nuées…

CHAPITRE XIII

DEPUIS HUIT JOURS, le Doubs, la Loue et l'Orain, grossis par la fonte des neiges dans les hautes vallées et par les pluies printanières, charrient avec un grondement terrifiant l'énorme masse de leurs flots boueux. En une seule nuit, les trois rivières jurassiennes sont sorties de leur lit. Comme de véritables démentes, elles ont crevé les digues de terre trop fragiles élevées le long de leurs berges. Surprenant les riverains endormis, elles se sont répandues dans tous les villages du Finage. De Parcey à Navilly, des dizaines de maisons sont dans l'eau. Il a fallu évacuer en hâte les habitants de plusieurs fermes menacées et retirer les troupeaux des hébergements isolés au milieu des prés.

Situé au point de jonction des trois torrents furieux, le lieu-dit des Goudots n'est plus qu'un immense lac écumeux, brassé de remous, sur lequel le ciel grisâtre déverse sans répit une pluie tenace et glacée. À Rabron, par suite du débordement du petit bief du moulin, toute la partie basse du pays se trouve inondée. À Longwy-sur-le-Doubs, il y a près de deux mètres d'eau sur le foirail. À Chaussin, on ne peut circuler qu'en barque dans le quartier Saint-Jacques. À Petit-Noir, toutes les routes d'accès sont coupées. La localité partiellement immergée semble avoir été balayée par un raz de marée.

Avec une frayeur millénaire, les gens de la région assistent impuissants au déroulement de la catastrophe. Ils savent quelles dures épreuves les attendent. Certaines années, l'eau est montée jusqu'à cinq mètres au-dessus de son niveau habituel. Vont-ils connaître à nouveau un tel cataclysme ?

Chacun n'ose y croire, y songer et pourtant tout semble le confirmer avec les événements qui se précipitent.

Pendant huit jours le niveau du Doubs et de la Loue n'a cessé de monter. Des centaines d'hectares de prés et de terres cultivables sont submergés par les flots limoneux. Des dizaines de maisons sont investies, certaines jusqu'au premier étage. Plusieurs personnes se sont noyées, on ne compte plus les bêtes emportées par la crue.

CHAPITRE XIII

C'est aux Goudots que le spectacle du cataclysme est le plus terrifiant. L'ancien maquis buissonneux est devenu un fleuve aux eaux convulsées. Une chaussée mouvante où déferle l'interminable cavalcade des vagues. Cette chevauchée d'une sauvage violence entraîne dans sa course des arbres déracinés, des morceaux de charpente, des meules de paille, des tas d'immondices récoltés çà et là dans les villages situés plus en amont.

Parant au plus pressé, les pompiers des centres de secours de Chaussin et de Mont-sous-Vaudrey ont d'abord secouru les habitants des fermes isolées puis procédé à l'évacuation des maisons les plus menacées. Les noyades qui se sont produites sont dues à l'imprudence. Dans la plupart des cas, il s'agit de gens qui ont voulu retourner chez eux en barque pour y récupérer quelques biens.

Une semaine après le début du drame on s'est soudain avisé, à Rabron, que nul n'a revu les habitants de La Sablonne. En regardant à la jumelle depuis le sommet du clocher, on a remarqué la maison du braconnier submergée presque jusqu'au niveau du toit. Un indice a inquiété le maire : la vue d'une perche au bout de laquelle pend un chiffon blanc qui surmonte le faîte de la cabane. Bien qu'on ne distingue aucune trace de vie à l'intérieur de celle-ci, l'alerte a été aussitôt donnée.

C'est la raison pour laquelle, en cette fin d'après-midi, une trentaine de personnes se sont rassemblées au bord du fleuve et discutent avec anxiété des moyens à employer pour parvenir jusqu'à la maison des Bonin. Il y a là dix pompiers de Chaussin et de Mont-sous-Vaudrey avec deux barques, les autres étant des curieux.

Du paradis enchanteur des Goudots, on ne distingue plus que les têtes ébouriffées des vieux saules et les fûts des peupliers plantés comme des cierges au milieu du courant. Pas un buisson, pas une seule hampe de roseau ne surnage. À part ces arbres résistant de toutes leurs racines à la poussée des flots on ne voit que la toiture rouge de la maison de La Sablonne et le chiffon mouillé passant à travers des tuiles arrachées.

Comme la crue s'étale très profondément à l'intérieur des terres, les sauveteurs se trouvent, à vol d'oiseau, à plus de cinq cents mètres de l'habitation des Bonin. Déjà, plusieurs de leurs tentatives en direction de la masure se sont soldées par un échec. Tant que les barques avancent sur les champs immergés, avec les moteurs et les avirons, les pompiers arrivent à garder le cap. Mais, dès qu'elles entrent dans le gros du courant, dans le grand rebroussement des vagues, les embarcations sont impitoyablement rejetées vers la rive, au risque de se briser contre les troncs des peupliers.

– C'est inutile de nous escrimer, on n'y arrivera pas ! dit un gradé du centre de secours en sautant pour la quatrième fois de la barque que ses hommes viennent d'essayer vainement de diriger vers la maison engloutie.

– On a failli chavirer, explique l'un des pompiers comme s'il cherchait à expliquer les raisons de ce nouveau renoncement.

– Dire qu'on se donne tout ce mal pour des gens qui se sont peut-être noyés depuis une semaine ! grommelle un autre en tirant sur la corde qui ramène l'embarcation vers une levée de terre dont la crête est surmontée d'épais buissons.

– Si les Bonin ont mis ce drapeau sur le toit, c'est pour signaler qu'ils sont encore en vie, intervient le maire de Rabron. À mon avis, ils se sont réfugiés dans le grenier.

– Alors pourquoi ne manifestent-ils pas leur présence d'une autre manière ?

– Ils n'en ont peut-être plus la force. Ça va faire huit jours qu'ils sont bloqués. Sans nourriture, sans feu, ça n'a pas dû être drôle.

Impuissants en face du cataclysme, les hommes hochent silencieusement la tête, supputant les chances que les Bonin ont de survivre à un tel désastre.

– Il reste une solution, reprend le maire après un long instant de réflexion. C'est d'alerter les gens de la protection civile afin qu'ils viennent les repêcher avec un hélicoptère !

Tout en s'essuyant le visage ruisselant de sueur et de pluie dans un grand mouchoir à carreaux, le lieutenant des pompiers explique :

– Pour l'instant, il n'en est malheureusement pas question. Le vent est trop fort. Il faudra attendre qu'il se calme un peu pour opérer. Autrement l'hélicoptère risque de se crasher.

De fait, des bourrasques de pluie mêlée à présent de neige ne cessent de se succéder sur le Finage, masquant la visibilité. Jugeant qu'il n'y a rien d'autre à faire pour l'instant, un certain nombre de curieux commencent à s'éloigner en direction de Rabron. Pendant ce temps, les hommes des centres de secours replient leur matériel et chargent leurs bateaux sur les camions.

C'est l'un des pompiers de Chaussin qui remarque le premier la scène incroyable qui se déroule sur le fleuve. Là-bas, très en amont de La Sablonne, à proximité de l'endroit où la Loue se jette dans le Doubs, une embarcation s'est détachée de la rive. Elle progresse de biais pour offrir moins de prise à la force du courant déchaîné. C'est une simple barque de pêche à fond plat. Elle semble minuscule sur l'immense plan d'eau et commence à tanguer dangereusement dans le grand remuement des flots.

– Mais ?… Qu'est-ce qu'il fait celui-là ?…

Tous s'arrêtent de travailler et regardent dans la direction indiquée par le pompier.

Le brouillard des giboulées dérobe la ligne continue des peupliers et émousse le contour des choses. On distingue cependant la silhouette d'un homme assis à l'arrière de la barque ; il manœuvre énergiquement pour venir se placer dans le gros du courant. Les vagues du confluent sont si hautes que, par instants, on ne voit plus émerger que la tête du rameur au-dessus des flots.

Intrigués par ce spectacle, les gens de Rabron se hâtent de rebrousser chemin.

– Il est fou !

– Il va se faire prendre dans le remous !

À moins de cent mètres en aval du point de jonction des deux rivières, l'eau semble en proie à une terrible convulsion. Elle tourbillonne en grondant, creusant une sorte d'entonnoir immense dans un jaillissement d'écume.

Mettant ses mains en porte-voix, le lieutenant des pompiers hurle :

– Hé ! Là-bas ! Revenez ! C'est dangereux !

Mais le vent disperse son appel. Il est probable d'ailleurs que le rameur ne l'a pas entendu à cause de la distance et du fracas du Doubs qui couvre tous les autres bruits.

La barque continue à avancer. Secouée comme un bouchon de liège, elle monte et descend d'une manière saccadée, paraissant échapper totalement à la maîtrise de son pilote. Les spectateurs médusés s'attendent à la voir sombrer d'un instant à l'autre.

– C'est du suicide ! Il n'ira pas plus loin que le remous !

Quelques instants plus tard, l'embarcation arrive près de la passe fatale. Elle paraît y être attirée comme par un aimant et file avec une rapidité étonnante vers le tourbillon dont on ne distingue, depuis la rive, que le bord mouvant cerclé d'écume. Elle y fait un plongeon et disparaît totalement à la vue des curieux qui poussent un cri d'angoisse en pensant que la crue vient de faire, sous leurs yeux, une nouvelle victime.

Ils se trompent. Après une attente qui dure une éternité, les témoins du drame voient l'arrière de la barque émerger à nouveau de la surface du Doubs. Cette fois, dans le sens opposé du courant. L'homme est toujours à la barre. Il lutte désespérément pour redresser l'embarcation, pour dompter ses soubresauts semblables à ceux d'une génisse rétive. Par instants, ses rames battent le vide comme les ailes d'un oiseau qui cherche à s'envoler.

Ses efforts finissent par être couronnés de succès. L'esquif reprend une position normale. Mais un autre péril le menace bientôt. La maison des Bonin se trouve juste dans sa trajectoire. Emportée par la violence des flots, la barque risque de s'y écraser, de s'y fracasser comme une coquille de noix.

L'homme comprend-il à temps le danger ? Est-il aidé par cette chance insolente qui ne l'a pas abandonné un seul instant depuis qu'il s'est engagé sur le fleuve en furie ?

Au lieu de heurter le pignon de plein fouet, son embarcation accoste la masure par le travers du toit. Son étrave se fiche tel un pieu entre les tuiles et les lattes qui cèdent sous la poussée. Elle y reste plantée pendant plusieurs secondes.

Ce répit est suffisant. L'inconnu bondit à son tour sur le toit. En hâte, il amarre la chaîne de la barque à une poutre en saillie. Puis, à califourchon sur le faîte de la maison, il reprend son souffle et des forces.

Tous les témoins de cette scène extraordinaire poussent un soupir de soulagement. Le maire de Rabron, qui a apporté ses jumelles, les braque fébrilement en direction de la demeure des Bonin. Il a hâte de connaître le nom de celui qui vient d'accomplir cet exploit. Ce qu'il discerne grâce aux lunettes lui arrache une exclamation :

– Mais ?… On dirait que c'est Jeanjean ?…

– Impossible ! dit l'adjoint. Vous devez vous tromper. Vous savez bien qu'il est toujours interné à Saint-Ylie !

– Regardez vous-même !

Les jumelles passent aussitôt des mains de Félicien Bourgeat dans celles du second magistrat de la commune.

– Ça alors ! fait l'autre en reconnaissant à son tour le visage de l'homme juché sur le toit de la maison immergée.

C'est effectivement Jeanjean. Après son évasion, il a d'instinct retrouvé le chemin des Goudots, marché longtemps, dans le tourbillonnement du vent et de la pluie, pataugé dans la boue, manqué de s'enliser, de se noyer dans des trous d'eau. Trempé de la tête aux pieds, transi de froid, il est arrivé finalement en vue de Rabron. Mais ce n'est pas vers « La Rouvière » qu'il a dirigé ses pas. Il n'a plus confiance en sa mère. Depuis des mois, il se croit victime d'une conjuration dont il la juge responsable au même titre que les autres, gendarmes, médecins, infirmiers… Il ne sera vraiment en sécurité, ne se sentira libre qu'en un seul endroit : dans son maquis de verdure, au confluent du Doubs et de la Loue. Sur cette terre de solitude livrée à l'envahissement des broussailles et des herbes sauvages.

En arrivant près de son domaine, en découvrant qu'il se trouve lui aussi complètement englouti par la crue, le débile s'est senti désemparé. Il a erré pendant plus d'une heure le long de la rive, cherchant à retrouver la trace d'un paysage familier, d'un lieu cher à son cœur dont il a conservé l'image intacte en mémoire. Cette quête s'est révélée vaine. L'eau nivelle tout, a ployé, broyé, emporté les buissons et les fougères. Seuls les peupliers et quelques vieux saules résistent encore à la catastrophe, témoins muets et résignés, derniers vestiges d'un monde oublié, autrefois empreint de douceur et de poésie.

En complet désarroi, Jeanjean s'est accroupi à l'abri d'une haie d'épines noires, à proximité du fleuve dont le grand charroi fait trembler la berge. À nouveau, il se sent gagné par une profonde détresse. Le fragile équilibre mental qu'il a recouvré en s'évadant ne résiste pas à la désillusion. Incapable de prendre une décision en face du problème posé par ce bouleversement, par ce grand chambardement de la nature, son esprit retourne à son engourdissement morbide et à sa vacuité…

* *
*

Il en était là, lorsque les pompiers sont arrivés. Un vieux réflexe l'incita à se cacher. Il se jeta dans l'épaisseur du buisson et y demeura tapi, à quelques mètres des autres qui s'activaient à leurs travaux de sauvetage. Il assista à leurs tentatives répétées de rejoindre la maison des Bonin, fut témoin de leurs échecs. Il les entendit parler et comprit très bien qu'ils essayaient de sauver les habitants de la masure attaquée par les eaux.

Lorsqu'il réalisa que les autres allaient renoncer à leur projet, un sentiment de révolte l'envahit. Il fut sur le point de sortir de sa cachette pour les supplier de sauver Christine. Mais sa sauvagerie fut plus forte que son indignation. Ainsi qu'une bête traquée, il resta terré sous son buisson.

C'est alors qu'une étrange idée lui vint. Celle d'aller lui-même jusqu'à la maison pour ramener ses occupants. Avec une lucidité étonnante, un plan germa dans son esprit. Il se rappela qu'en arrivant près des Goudots il avait repéré un peu plus en amont, une barque de pêche échouée au milieu d'un champ. Sans hésiter, mais en restant hors de la vue des sauveteurs affairés auprès de leurs propres bateaux, il quitta son repaire et, très vite, rejoignit l'endroit où se trouvait l'embarcation.

À présent, il était sur le toit de la masure. En un lieu que les autres avaient vainement cherché à atteindre durant une partie de l'après-midi. Malgré son inconscience, il se rendait bien compte qu'il avait à plusieurs reprises frisé la catastrophe. Le retour vers la rive ne serait pas non plus une partie de plaisir ; il ne devrait compter que sur lui pour s'en sortir. Les sauveteurs ne pourraient rien faire pour lui venir en aide.

Lorsqu'il eut repris son souffle et récupéré des forces, Jeanjean décida d'entreprendre l'exploration du grenier. C'était la seule partie de la bicoque qui émergeait encore des flots. Si Christine avait échappé à l'inondation, elle devait sans doute s'y être réfugiée.

Avec précaution, en prenant soin de ne pas glisser sur les tuiles rendues gluantes par la mousse et l'humidité, il se rapprocha d'un trou qui béait dans le faîtage. Il y passa la tête et regarda à l'intérieur. Il ne vit que du noir. Par contre, il entendit le clapotis des vagues ; il y avait de l'eau jusque sur le plancher.

Retrouvant sa souplesse simiesque du temps où il pénétrait la nuit dans les maisons du village, il se coula par l'étroite ouverture et se laissa tomber dans le grenier, tel un fruit mûr se détachant de l'arbre. Le torrent s'y engouffrait effectivement par une brèche ouverte dans le pignon. Il frappait les murs à coups de boutoir dans un ronflement terrifiant.

Avec de l'eau presque jusqu'aux genoux, Jeanjean progressa à tâtons dans les ténèbres, sur le plancher fait de dosses mal équarries, lesquelles avaient résisté jusque-là aux assauts répétés de la crue.

Soudain, ses jambes empêtrées dans son pantalon imbibé comme une éponge heurtèrent quelque chose de mou. Il se baissa, saisit une chose vague qui ressemblait à un grand sac et la retira de l'eau. C'était un corps humain.

À la faible lumière qui filtrait à travers les tuiles disjointes, il reconnut la face camuse de Maurice Bonin. Les traits gonflés et blanchâtres du noyé, ses yeux révulsés, ses cheveux ruisselants et surtout le contact de ses membres flasques lui causèrent un tel dégoût, une telle frayeur, qu'il faillit crier et rejeta le cadavre loin de lui.

Gagné par une brusque panique, il fut sur le point de battre en retraite et de remonter à l'air libre. C'est alors qu'il entendit un bruit étrange, différent de la rumeur des vagues. C'était comme un gémissement semblable à celui d'un petit chat. Malgré son appréhension, la répulsion qui lui soulevait le cœur, il poursuivit sa progression.

Grâce encore à la clarté ténue qui pénétrait par les trous de la toiture, il ne tarda pas à découvrir un spectacle étrange. Juchée sur une malle étroite qui la maintenait hors de l'eau, une autre forme humaine, recroquevillée sous une couverture, se tenait au milieu du grenier.

C'était Christine Bonin. Elle avait le visage hagard et livide. Les yeux remplis d'une horreur indicible. Minée par la fièvre, affaiblie par plusieurs jours de jeûne, elle devait sans doute considérer la silhouette qui s'avançait à sa rencontre dans les ténèbres comme une hallucination, une fantasmagorie de cauchemar.

Le débile comprit qu'il lui faisait peur. Il la rassura en l'appelant doucement :

– Christine…

Elle leva la tête et son regard éberlué s'éclaira aussitôt d'un fol espoir.

– Jeanjean !... Oh ! Jeanjean ! s'écria-t-elle en se mettant à pleurer et en tendant vers lui des mains implorantes.

Il la prit entre ses bras robustes, mais, au mouvement qu'il fit en la soulevant, il sentit qu'elle tenait elle-même quelque chose serré contre sa poitrine.

Un enfant ! Un bébé qui se mit à nouveau à gémir. À émettre le même cri qui l'avait intrigué quelques instants auparavant.

Il ne chercha pas à savoir ce que le petit être faisait auprès de la jeune femme. Il les emporta tous les deux en direction du trou par lequel il était entré à l'intérieur du grenier.

Il lui fallut encore beaucoup d'adresse, beaucoup d'efforts pour les hisser sur le toit de la maison, puis pour les descendre à bord de la barque que le courant faisait tanguer dangereusement. Dix fois, il faillit glisser sur les tuiles, lâcher son précieux fardeau. Mais l'instinct de conservation, plus fort que l'intelligence, le fit triompher de tous les obstacles.

Lorsqu'ils furent sur l'embarcation, il détacha la chaîne et l'esquif se mit à filer, à voler littéralement sur les flots, soulevant de son étrave des gerbes d'écume.

À présent, Jeanjean n'avait plus peur. Il n'avait d'yeux que pour Christine accroupie au fond de la barque. La jeune femme le regardait aussi, avec un étonnement mêlé de crainte, serrant l'enfant contre son cœur.

Un sourire extatique éclairait le visage ruisselant du débile. Il exultait, grognait, hurlait dans la tourmente, dominant par ses cris inarticulés le tumulte du fleuve.

Ils roulèrent, tanguèrent ainsi durant plusieurs minutes ; leur bateau, tour à tour cabré ou enfoncé dans le chaos tourbillonnant, fut happé par les remous puis rejeté avec violence par la force centrifuge.

Enfin, l'embarcation parvint dans une zone plus calme, dans une anse où le courant était moins violent. Jeanjean se servit des rames pour regagner la rive. Il était temps ; la barque était à moitié remplie d'eau. Elle coula avant qu'ils n'eussent atteint le bord. Mais le naufrage, à présent, était sans importance. Le débile eut le temps de prendre la femme et l'enfant dans ses bras, de les transporter jusque sur la berge.

Les curieux, qui avaient suivi avec angoisse les ultimes péripéties du sauvetage, arrivèrent en courant juste au moment où Jeanjean prenait pied sur la terre ferme. Médusés par tant de courage, ils lui firent une haie d'honneur admirative et silencieuse. Aucun d'eux ne trouvait les mots qui eussent convenu pour célébrer un tel exploit.

Transfiguré, Jeanjean passa entre leurs rangs. À tous il parut encore plus grand, semblable à un dieu qui serait sorti des flots après avoir réussi à dompter le fleuve. Sans s'occuper des spectateurs muets qui n'osaient pas manifester leur enthousiasme, il s'éloigna de la rive en portant son tendre fardeau tel un trophée.

Il prit à travers champs le chemin de Rabron, se dirigeant résolument vers « La Rouvière ».

La pluie avait cessé. Le vent soufflait moins fort. À l'horizon, un petit liséré vert et rose venait d'apparaître à travers la déchirure d'un nuage…

Table des matières

Dans la même collection

Les textes de la collection Terre de poche nourrissent la mémoire collective à travers des histoires fortes, des récits de voyage, des documents historiques ou des chroniques intimes.

AGUILLON Arlette
La Maîtresse du moulin
Le Puits aux frelons

AMOUROUX Henri
La Vie des Français sous l'Occupation

ANGLADE Jean
Le Chien du seigneur

ARNAUT Robert
Les Corneilles blanches

AUBARBIER Jean-Luc
Les Démons de sœur Philomène

AUDIDIER Robert
Les Sentiers de traverse

AUJOULAT Noël
Le Village perdu

BÉLARD Paul
Moissons d'enfance

BESSON André
La Grotte aux loups
Folle Avoine

BOBÈCHE Adrien
La Fille de la meunière

BOUDOU Josette
Les Grillons du fournil
La Maison d'école

BOURRET Johan
Dans la gueule du loup

BOUSSUGE Micheline
La Maison d'Anaïs

BRIAND Charles
Le Seigneur de Farguevieille

CAPPEAU Marie Nicole
La Mule blanche
Chantemerle

CASTELAIN Anne-Marie
Le Loup des marais
Les Amours de Louise

CLÉMENT-MAINARD Michelle
La Foire aux mules

CORNAILLE Didier
Le vent des libertés soulevait la terre

Le Forgeron d'Éden
Le Vol de la buse

COSMOS Jean
La Dictée

DECK Olivier
L'Auberge des Charmilles
Les Rumeurs du Gave
Cancans
Les Chopines

DELPASTRE Marcelle
Les Chemins creux
Cinq heures du soir
Proses pour l'après-midi

DODANE Michel
*Les Herbes noires (Les Enfants de la Vouivre**)*
*La Malédiction des Mouthier (Les Enfants de la Vouivre***)*

DOURIAUX Hugues
La Saison des vendanges (Les Gens de la Paulée)*
*Le Bois des Auriottes (Les Gens de la Paulée**)*
*Les Temps d'orage (Les Gens de la Paulée ***)*
Le Temps des loups

DUBOIS Yvonne
Couleur de terroir
La Vallée des cyclamens

DUFOUR Hortense
La Fille du saulnier
Ce que l'océan ne dit pas
Au vent fou de l'esprit

DUPUY Daniel
Les Quatre Jeudis
Fontcouverte

DUTRONC Robert
La Maison des Chailloux

FRONTENAC Yvette
La Soupe des autres
Les Années châtaignes

GAGNON-THIBAUDEAU Marthe
La Boiteuse

GAMARRA Pierre
Le Maître d'école

GENEVOIX Maurice
Le Jardin dans l'île

GÉRAUD Roger
Le Pré derrière la grange
Les Vaches rouges

GLEIZE Georges-Patrick
Le Sentier des pastelliers
Le Destin de Marthe Rivière
Le Chemin de Peyreblanque
Le Temps en héritage

GRIFFON Robert
Le Bedeau de la République
Au bonheur du pain

JAILLER Isabelle
La Ferme des hautes terres

JEURY Michel
Le Crêt de Fonbelle

JUDENNE Roger
Drôle de moisson
Les Bons Jours

LABORIE Christian
L'Arbre à pain
L'Appel des drailles

LAFAYE Claude
La Maison de l'espoir

LEMAIRE Philippe
Le Chemin de poussière
Les Vendanges de Lison

MALROUX Antonin
La Noisetière

MAMÈRE Noël
*Le Combat des humbles (Gens de Garonne**)*
*La Malédiction des justes (Gens de Garonne ***)*

MAXIMY (DE) Hubert
Le Bâtard du Bois noir

MAZEAU Jacques
Le Pré aux corbeaux
De l'autre côté de la rivière
La Malédiction de Bellary

PALET (DE) Marie
Amandine
Les Terres bleues

PÉLISSIER Patrice
L'Ange et le Loup

PEYRAMAURE Michel
Les Flammes du paradis

POURRAT Henri
et L'OLAGNE Jean
Sur la colline ronde

PINCE Jacques
Les Blouses grises
Tustou et Marie

PLAIT Annie
Les Longues Saisons

PLUCHARD Mireille
Le Petit Bâtard

QUEREILLAHC Jean-Louis
Trois Sillons de terre rouge
Rouge est ma terre

ROSSET Jean
Les Porteurs de terre

ROUANET Marie
Quatre Temps du silence

ROYER Roger
La Colombière

SABOURIN Pierre
La Terre des coteaux

SAND George
Contes d'une grand-mère
Contes d'une grand-mère (suite)

SOURY André
Le Pain blanc

SOYEZ Jean-Marc
Julia

STARASELSKI Valère
Nuit d'hiver

TAMAIN Louis
L'Encre violette
Le Temps de l'école
Médecin de campagne

THIROLLE Jérôme
Les Doigts d'or d'Élise

TOUATI Claude-Rose et Lucien-Guy
Une maison dans les herbes

VERRIER Michel
Le Mystère de Millepertuis
Le chien qui faisait peur au diable

VINCENT Claude
Quatre pieds de terreau

VITTÉ Louis-Olivier
La Vallée des illusions